Orlando Syrg Taschenbuch 52019

RAT ACBO

Reihe

Alte Tradition

Azurcelesteblueoscuro

herausgegeben

von

Joerg K. Sommermeyer & Orlando Syrg

Exemplarische Werke der Weltliteratur

herausgegeben von

Joerg K. Sommermeyer

Über dieses Buch

Ein Roman? Antiroman? Mit einer Genealogie u. a. von Timon von Athen, Hamlet, Robert Burtons Melancholie, Giannozzo, Franz Kafkas Protagonisten, Ferdydurke, Godot, Anton Unbekannt? Ein, der Romantik verpflichteter, modern anmutender Text! Offen, ohne Anfang und Ende, fragmentarisch, arabeskenhaft, voll schillernder Ambiguität, grotesk, komisch, ironisch, satirisch, paradox, Egotrip durch die Nacht, bodenlos idealisch im luftleeren Raum, kritisch streitend, schmähend, die bürgerliche Gesellschaft bizarr irritierend und oppositionell erschreckend. Travestien, Parodien, literarische Anspielungen, Abschweifungen, lyrische Einsprengsel, Berichte, Reden, Briefe, Gespräche, Reflexionen über Geistlichkeit und Rechtswesen oder die Nichtigkeit und Maskenhaftigkeit von Himmel und Erde wechseln in 16 *Nachtwachen* mit enthüllenden Bruchstücken des bunten Lebenslaufs (Ziehsohn eines grübelnden Flickers, Bänkelsänger, Aufseher im Tollhaus, Spieler des Hanswurst im Marionettentheater) von *Kreuzgang*, dem *Nachtwächter*, nach dem Ort benamt, wo der Findling gefunden. Ein Dichter hängt sich auf, ein Freigeist stirbt, eine Nonne, die ein Kind gebar, wird von gläubigen Eiferern lebendig begraben et cetera. Das menschliche Dasein ist reiner Wahnsinn! Lächerliche Nichtigkeit treibt in das große Nichts.

Der Autor

Ernst *August* Friedrich Klingemann, Sohn eines Kopisten und einer aus der Musikerfamilie Weinholtz stammenden Mutter, geboren am 31. Aug. 1777 in Braunschweig, gestorben am 25. Januar 1831, ebenda. Schriftsteller, Dramaturg, Regisseur. Er besucht zunächst das Braunschweiger Katharineum, dann das Collegium Carolinum. 1795, *Wildgraf Eckard von der Wölpe* (Roman); 1796, *Die Asseburg* (Schauspiel); 1797, *Die Maske* (Trauerspiel). 1798, Studium der Rechtswissenschaft und Philosophie (Vorlesungen Fichtes, Schellings und A. W. Schlegels) in Jena. 1800, mit Brentano Herausgabe der Zeitschrift *Memnon* (1 Band), *Romano* (Roman), *Selbstgefühl* (Schauspiel). 1801, Studienabbruch; Rückkehr nach Braunschweig. Mitarbeiter der *Zeitung für die elegante Welt*. 1803, *Albano der Lautenspieler* (Roman). 1804, unter Pseudonym, *Nachtwachen von Bonaventura*. [Wer sich hinter diesem Pseudonym verbarg, war lange Zeit nicht zu verifizieren. Clemens Brentano, Friedrich Schlegel, Friedrich Wilhelm Schelling, Caroline Schelling, E. T. A. Hoffmann, Friedrich Gottlob Wetzel, Gotthilf Heinrich Schubert u. a. wurden als Urheber vermutet. J. Schillemeit, H. Fleig und R. Haag wiesen in den 1970ern und 1980ern dann die Verfasserschaft Klingemanns mit großer Wahrscheinlichkeit nach.] Mit *Der Schweizerbund* und *Der Bettler von Neapel*, 1805, beginnt August Klingemanns damals beliebte Dramen-Serie der nächsten Jahrzehnte. Ab 1813 widmet er sich vor allem dem Braunschweiger Theater, das er seit 1818 leitet. Mit seiner Frau, der Schauspielerin Elise Anschütz, Kunstreisen in Deutschland (Reisetagebuch *Kunst und Natur*). 1829, erste öffentliche Aufführung von Goethes *Faust* unter seiner Regie und Ernennung zum Professor am Carolinum.

Der Herausgeber

Joerg K. Sommermeyer (JS), * 14.10.1947 in Brackenheim, Sohn des Physikers Prof. Dr. Kurt Hans Sommermeyer. Kindheit in Freiburg. Studierte Jura, Philosophie, Germanistik, Geschichte und Musikwissenschaft. Klassische Gitarre bei Viktor v. Hasselmann und Anton Stingl. Unterrichtete in den späten Sechzigern Gitarre am Kindergärtnerinnen-/Jugendleiterinnenseminar und in den Achtzigern Rechtsanwaltsgehilfinnen in spe an der Max-Weber-Schule in Freiburg. 1976 bis 2004 Rechtsanwalt in Freiburg. Setzte sich für eine Verstärkung des Rechtsschutzes bei Grundrechtseingriffen ein (Unterbringungsrecht, Untersuchungshaft, Durchsuchungsrecht). Zahlreiche Veröffentlichungen in juristischen Fachzeitschriften sowie Artikel in Musikblättern. Gründer und Vorsitzender der Internationalen Gitarristischen Vereinigung, Organisator und Künstlerischer Leiter der Freiburger Gitarren- und Lautentage, Herausgeber und Redakteur der Zeitschrift *Nova Giulianiad: Saitenblätter für die Gitarre und Laute*. Juror beim Schlesischen Gitarrenherbst in Tychy und Internationalen Gitarrenkongress Freiburg/Basel/Straßburg. Songs, Liedtexte, Arrangements, Instrumentalmusik. 7 CDs, u. a.: *Total Overdrive, Those Rocks & Lieders, Nel Cuore Romanzo Rock, Ergo, 7 Celebrities*. Prosa: Anton Unbekannt, Pathoaphysischer Antiroman, Tragigroteskenfragment, 2008/2009; Vernimm mein Schreien, 2017/2018. Lieblingsmärchen, 2017/2018. Editionen u. a. von Werken Hugo Balls, Carl Einsteins, Franz Kafkas, Heinrich von Kleists, Robert Müllers, Rainer Maria Rilkes, Heinrich Heines, Eduard von Keyserlings und Johann Wolfgang von Goethes.

Orlando Syrg, Berlin, 26. Februar 2019

Joerg K. Sommermeyer (Hg.)

August Klingemanns

Nachtwachen

von Bonaventura

Durchgesehen, revidiert und herausgegeben

von

Joerg K. Sommermeyer

Orlando Syrg

MMXIX

1. Auflage 2019

Orlando Syrg, Berlin (vormals Freiburg i. Brsg.)

Orlando Syrg Taschenbuch

ORSYTA 52019

Reihe Alte Tradition Azurcelesteblueoscuro

RAT ACBO 18

Revision, Herausgabe und Nachwort:
Joerg K. Sommermeyer

Umschlaggestaltung (unter Verwendung eines Gemäldes von Carl Spitzweg, *Der Nachtwächter*, um 1875, auf der Vorderseite): JS

Lektorat, Satz und Layout: Roland König, JS, Ton Unbe, Waltraut Schmidt, Hans Ohnson, Paul Deros, Marga Sadau, Lars Penath

Herstellung, Vertrieb, Verlag BoD - Books on Demand, Norderstedt

Made in Germany

ISBN 9783749422715

Inhalt

Nachtwachen von Bonaventura

[F. Dienemann und Comp., Penig 1804/1805]

Erste Nachtwache

Die Nachtstunde schlug; ich hüllte mich in meine abenteuerliche Vermummung, nahm die Pike und das Horn zur Hand, ging in die Finsternis hinaus und rief die Stunde ab, nachdem ich mich durch ein Kreuz gegen die bösen Geister geschützt hatte.

Es war eine von jenen unheimlichen Nächten, wo Licht und Finsternis schnell und seltsam miteinander abwechselten. Am Himmel flogen die Wolken, vom Winde getrieben, wie wunderliche Riesenbilder vorüber, und der Mond erschien und verschwand im raschen Wechsel. Unten in den Straßen herrschte Totenstille, nur hoch oben in der Luft hauste der Sturm, wie ein unsichtbarer Geist.

Es war mir schon recht, und ich freute mich über meinen einsam widerhallenden Fußtritt, denn ich kam mir unter den vielen Schläfern vor wie der Prinz im Märchen in der verzauberten Stadt, wo eine böse Macht jedes lebende Wesen in Stein verwandelt hatte; oder wie ein einzig Übriggebliebener nach einer allgemeinen Pest oder Sündflut.

Der letzte Vergleich machte mich schaudern, und ich war froh ein einzelnes mattes Lämpchen noch hoch oben über der Stadt auf einem freien Dachkämmerchen brennen zu sehen.

Ich wusste wohl, wer da so hoch in den Lüften regierte; es war ein verunglückter Poet, der nur in der Nacht wachte, weil dann seine Gläubiger schliefen, und die Musen allein nicht zu den letzteren gehörten.

Ich konnte es mir nicht versagen, ihm folgende Standrede zu halten:

»O du, der du da oben dich herumtreibst, ich verstehe dich wohl, denn ich war einst deinesgleichen! Aber ich habe diese Beschäftigung aufgegeben gegen ein ehrliches Handwerk, das seinen Mann ernährt, und das für denjenigen, der sie darin aufzufinden weiß, doch keineswegs ganz ohne Poesie ist. Ich bin dir gleichsam wie ein satirischer Stentor in den Weg gestellt und unterbreche deine Träume von Unsterblichkeit, die du da oben in der Luft träumst, hier unten auf der Erde regelmäßig durch die Erinnerung an die Zeit und Vergänglichkeit. Nachtwächter sind wir zwar beide; schade nur dass dir deine Nachtwachen in dieser kalt prosaischen Zeit nichts einbringen, indes die meinigen doch immer ein Übriges abwerfen. Als ich noch in der Nacht poesierte, wie du, musste ich hungern, wie du, und sang tauben Ohren; das letztere tue ich zwar noch jetzt, aber man bezahlt mich dafür. O

9

Freund Poet, wer jetzt leben will, der darf nicht dichten! Ist dir aber das Singen angeboren, und kannst du es durchaus nicht unterlassen, nun so werde Nachtwächter, wie ich, das ist noch der einzige solide Posten wo es bezahlt wird, und man dich nicht dabei verhungern lässt. – Gute Nacht, Bruder Poet.«

Ich blickte noch einmal hinauf, und gewahrte seinen Schatten an der Wand, er war in einer tragischen Stellung begriffen, die eine Hand in den Haaren, die andre hielt das Blatt, von dem er wahrscheinlich seine Unsterblichkeit sich vorrezitierte.

Ich stieß ins Horn, rief ihm laut die Zeit zu, und ging meiner Wege. –

Halt! Dort wacht ein Kranker – auch in Träumen, wie der Poet, in wahren Fieberträumen!

Der Mann war ein Freigeist von jeher, und er hält sich stark in seiner letzten Stunde, wie Voltaire. Da sehe ich ihn durch den Einschnitt im Fensterladen; er schaut blass und ruhig in das leere Nichts, wohin er nach einer Stunde einzugehen gedenkt, um den traumlosen Schlaf auf immer zu schlafen. Die Rosen des Lebens sind von seinen Wangen abgefallen, aber sie blühen rund um ihn auf den Gesichtern dreier holder Knaben. Der jüngste droht ihm kindlich unwissend in das blasse starre Antlitz, weil es nicht mehr lächeln will, wie sonst. Die andern beiden stehen ernst betrachtend, sie können sich den Tod noch nicht denken in ihrem frischen Leben.

Das junge Weib dagegen mit aufgelöstem Haar und offner schöner Brust, blickt verzweifelnd in die schwarze Gruft, und wischt nur dann und wann den Schweiß, wie mechanisch von der kalten Stirn des Sterbenden.

Neben ihm steht, glühend vor Zorn, der Pfaff mit aufgehobenem Kruzifixe, den Freigeist zu bekehren. Seine Rede schwillt mächtig an wie ein Strom, und er malt das Jenseits in kühnen Bildern; aber nicht das schöne Morgenrot des neuen Tages und die aufblühenden Lauben und Engel, sondern, wie ein wilder Höllenbrueghel, die Flammen und Abgründe und die ganze schaudervolle Unterwelt des Dante.

Vergebens! Der Kranke bleibt stumm und starr, er sieht mit einer fürchterlichen Ruhe ein Blatt nach dem anderen abfallen, und fühlt wie sich die kalte Eisrinde des Todes höher und höher zum Herzen hinaufzieht.

Der Nachtwind pfiff mir durch die Haare und schüttelte die morschen Fensterläden, wie ein unsichtbarer herannahender Todesgeist. Ich schauderte, der Kranke blickte plötzlich kräftig um sich, als gesundete er rasch durch ein Wunder und fühlte neues höheres Leben. Dieses schnelle leuchtende Auflodern der schon verlöschenden Flamme, der sichere Vorbote des nahen Todes, wirft zugleich ein glänzendes Licht in das vor dem Sterbenden aufgestellte Nachtstück, und leuchtet rasch und auf einen Augenblick in die dichterische Frühlingswelt des Glaubens und der Poesie. Sie ist die doppelte Beleuchtung in Correggios Nacht, und verschmilzt den irdischen und himmlischen Strahl zu einem wunderbaren Glanze.

Der Kranke wies die höhere Hoffnung fest und entschieden zurück, und führte dadurch einen großen Moment herbei. Der Pfaff donnerte ihm zornig in die Seele und mahlte jetzt mit Flammenzügen wie ein Verzweifelnder, und bannte den ganzen Tartarus herauf in die letzte Stunde des Sterbenden. Dieser lächelte nur und schüttelte den Kopf.

Ich war in diesem Augenblick seiner Fortdauer gewiss; denn nur das endliche Wesen kann den Gedanken der Vernichtung nicht denken, während der unsterbliche Geist nicht vor ihr zittert, der sich, ein freies Wesen, ihr frei opfern kann, wie sich die indischen Weiber kühn in die Flammen stürzen, und der Vernichtung weihen.

Ein wilder Wahnsinn schien bei diesem Anblick den Pfaffen zu ergreifen, und getreu seinem Charakter redete er jetzt, indem ihm das Beschreiben zu ohnmächtig erschien, in der Person des Teufels selbst, der ihm am nächsten lag. Er drückte sich wie ein Meister darin aus, echt teuflisch im kühnsten Stile, und fern von der schwachen Manier des modernen Teufels.

Dem Kranken wurde es zu arg. Er wandte sich finster weg, und blickte die drei Frühlingsrosen an, die um sein Bette blühten. Da loderte die ganze heiße Liebe zum letzten Male in seinem Herzen auf, und über das blasse Antlitz flog ein leichtes Rot, wie eine Erinnerung. Er ließ sich die Knaben reichen, und küsste sie mit Anstrengung, dann legte er das schwere Haupt an die hochwallende Brust des Weibes, stieß ein leises, Ach! aus, das mehr Wollust als Schmerz schien, und entschlief liebend im Arm der Liebe.

Der Pfaff seiner Teufelsrolle getreu, donnerte ihm, der Bemerkung gemäß, dass das Gehör bei Verstorbenen noch eine längere Zeit reizbar bleibt, in die Ohren, und versprach ihm in seinem eigenen Namen fest und bündig, dass der Teufel nicht nur seine Seele, sondern auch seinen Leib abfordern würde.

Somit stürzte er fort, und hinaus auf die Gasse. Ich war verwirrt worden, hielt ihn in der Täuschung wahrhaft für den Teufel, und setzte ihm, als er an mir vorüberfahren wollte, die Pike auf die Brust. »Geh zum Teufel!« sagte er schnaubend, da besann ich mich und sagte: »Verzeiht, Hochwürdiger, ich hielt euch in einer Art Besessenheit für ihn selbst, und setzte euch deshalb die Pike, als ein *Gottseibeiuns*! aufs Herz. Haltet mir's diesmal zugute!«

Er stürzte fort.

Ach! Dort im Zimmer war die Szene lieblicher worden. Das schöne Weib hielt den blassen Geliebten still in ihren Armen, wie einen Schlummernden; in schöner Unwissenheit ahnte sie den Tod noch nicht, und glaubte, dass ihn der Schlaf zum neuen Leben stärken werde – ein holder Glaube, der im höhern Sinne sie nicht täuschte. Die Kinder knieten ernst am Bette, und nur der jüngste bemühte sich den Vater zu wecken, während die Mutter, ihm schweigend mit den Augen zuwinkend, die Hand auf sein umlocktes Haupt legte.

Die Szene war zu schön; ich wandte mich weg, um den Augenblick nicht zu schauen, in dem die Täuschung schwände.

Mit gedämpfter Stimme sang ich einen Sterbegesang unter dem Fenster, um in dem noch hörenden Ohre den Feuerruf des Mönchs durch leise Töne zu verdrängen. Den Sterbenden ist die Musik verschwistert, sie ist der erste süße Laut vom fernen Jenseits, und die Muse des Gesanges ist die mystische Schwester, die zum Himmel zeigt. So entschlummerte Jakob Böhme, indem er die ferne Musik vernahm, die niemand, außer dem Sterbenden hörte.

Zweite Nachtwache

Die Stunde rief mich wieder zu meiner nächtlichen Hantierung; da lagen die öden Straßen, wie zugedeckt vor mir, und nur dann und wann flog ein Wetterleuchten luftig und rasch durch sie hin, und weit, weit in der Ferne murmelte es drein wie unverständlicher Zauberspruch.

Mein Poet hatte das Licht ausgelöscht, weil der Himmel leuchtete und er dies letztere für wohlfeiler und poetischer zugleich hielt. Er schaute hoch droben in die Blitze hinein, im Fenster liegend, das weiße Nachthemd offen auf der Brust, und das schwarze Haar struppig und unordentlich um den Kopf. Ich erinnerte mich an ähnliche überpoetische Stunden, wo das Innere Sturm ist, der Mund im Donner reden, und die Hand statt der Feder den Blitz ergreifen möchte, um damit in feurigen Worten zu schreiben. Da fliegt der Geist von Pol zu Pol, glaubt das ganze Universum zu überflügeln, und wenn er zuletzt zur Sprache kommt – so ist es kindisch Wort, und die Hand zerreißt rasch das Papier.

Ich bannte diesen poetischen Teufel in mir, der am Ende immer nur schadenfroh über meine Schwäche aufzulachen pflegte, gewöhnlich durch das Beschwörungsmittel der Musik. Jetzt pflege ich nur ein paarmal gellend ins Horn zu stoßen, und da geht's auch vorüber.

Überall kann ich all denen, die sich vor ähnlichen poetischen Überraschungen wie vor einem Fieber scheuen, den Ton meines Nachtwächterhorns als ein echtes antipoeticum empfehlen. Das Mittel ist wohlfeil und von großer Wichtigkeit zugleich, da man in jetziger Zeit mit Plato die Poesie für eine Wut zu halten pflegt, mit dem einzigen Unterschied, dass jener diese Wut vom Himmel und nicht aus dem Narrenhaus herleitete.

12

Mag dem indes sein, wie ihm wolle, so bleibt es doch heutzutage mit der Dichterei überall bedenklich, weil es so wenig Verrückte mehr gibt, und ein solcher Überfluss an Vernünftigen vorhanden ist, dass sie aus ihren eigenen Mitteln alle Fächer und sogar die Poesie besetzen können. Ein rein Toller, wie ich, findet unter solchen Umständen kein Unterkommen. Ich gehe deshalb auch nur jetzt bloß noch um die Poesie herum, das heißt, ich bin ein Humorist worden, wozu ich als Nachtwächter die meiste Muße habe. –

Meinen Beruf zum Humoristen müsste ich hier freilich wohl zuvor erst dartun, allein ich lasse mich nicht darauf ein, weil man es überhaupt jetzt mit dem Beruf selbst so genau nicht nimmt, und sich dagegen mit dem Ruf allein begnügt. Gibt es doch auch Dichter ohne Beruf, durch den bloßen Ruf – und somit ziehe ich mich aus dem Handel.

Eben flammte ein Blitz durch die Luft, da schlichen drei an der Kirchhofsmauer hin wie Karnevalslarven. Ich rief sie an, doch war's schon wieder Nacht ringsum, und ich sah nichts, als einen glühenden Schweif und ein paar feurige Augen, und zu dem fernen Donner murmelte eine Stimme in der Nähe, wie zu einer Don Juans Begleitung: »Tu was deines Amtes ist, Nachtrabe; aber mische dich nicht ins Geisterwerk!«

Das war mir doch etwas zu arg, und ich warf meine Pike dahin, wo die Stimme her kam; eben blitzte es wieder – da waren die drei in Luft zerronnen, wie Macbeths Hexen.

»Erkennt ihr mich nicht für einen Geist an;« – rief ich noch zornig hinterdrein, in der Hoffnung dass sie's vernähmen – »und doch war ich Poet, Bänkelsänger, Marionettendirektor und alles dergleichen Geistreiches nacheinander. Ich möchte doch eure Geister gekannt haben im Leben – wenn ihr anders wirklich bereits daraus seid! – ob sich der meinige mit ihnen nicht hätte messen können; oder habt ihr einen Zusatz von Geist erhalten nach eurem Tode, wie wir das Beispiel bei manchen großen Männern erfuhren, die erst nach ihrem Tode berühmt wurden, und deren Schriften durch das lange Liegen an Geist gewannen; gleich dem Weine der mit dem zunehmenden Alter geistreicher wird.« –

Jetzt war ich der Wohnung des exkommunizierten Freigeistes bis auf einige Schritte nahe gekommen. Aus der offenen Tür legte sich ein matter Schein in die Nacht hinein, und floss oft seltsam mit dem Wetterleuchten zusammen, auch murmelte es vernehmlicher von den fernen Bergen herüber, wie wenn das Geisterreich sich ernstlich ins Spiel zu mischen gedächte.

Auf der Hausflur war der Tote, der üblichen Sitte gemäß, offen ausgestellt, um ihn her brannten wenige ungeweihte Kerzen, weil der Pfaff, teuflischen Andenkens, die Weihe verweigert hatte. Der Verstorbene lächelte in seinem festen Schlafe darüber, oder über seinen eignen törichten Wahn, den das Jenseits widerlegt hatte, und sein Lächeln glänzte wie ein ferner Widerschein vom Leben über die starren vom Tode verfestigten Züge.

Durch eine lange, wenig erleuchtete Halle, schaute man in eine schwarz behängte Nische; dort knieten unbeweglich die drei Knaben und die blasse Mutter vor einem Altare – die Gruppe der Niobe mit ihren Kindern – in stummes angstvolles Gebet versunken, um Leib und Seele des Verstorbenen dem Teufel, dem der Pfaff sie zugesprochen, zu entreißen.

Der Bruder des Abgeschiedenen allein, ein Soldat, hielt im festen sichern Glauben an den Himmel und an seinen eigenen Mut, der es mit dem Teufel selbst aufzunehmen wagte, Wache an dem Sarg. Sein Blick war ruhig und erwartend, und er schaute abwechselnd in das starre Antlitz des Toten und in das Wetterleuchten, das oft feindlich durch den matten Schein der Kerzen zuckte; sein Säbel lag gezogen auf der Leiche, und glich mit seinem wie ein Kreuz gestalteten Griff einer geistlichen und weltlichen Waffe zugleich.

Übrigens herrschte Totenstille ringsum, und außer dem fernen Murren des Gewitters und dem Knistern der Kerzen vernahm man nichts.

So blieb's, bis in einzelnen ernsten Schlägen die Glocke Mitternacht ankündigte; – da führte plötzlich der Sturmwind hoch oben in den Lüften die Gewitterwolke wie ein nächtliches Schreckbild herüber, und bald hatte sie ihr Grabtuch am ganzen Himmel ausgebreitet. Die Kerzen um den Sarg verlöschten, der Donner brüllte zürnend, wie eine aufrührerische Macht herunter und rief die festen Schläfer auf, und die Wolke spie Flamme auf Flamme aus, wodurch das starre blasse Antlitz des Toten allein grell und periodisch beleuchtet wurde.

Ich sah jetzt, dass der Säbel des Soldaten durch die Nacht blitzte, und dieser sich mutig zum Kampfe rüstete.

Es währte auch nicht lange – die Luft warf Blasen auf, und die drei Macbeths Geister waren plötzlich wieder sichtbar, wie wenn der Sturmwind sie beim Scheitel herangewirbelt hätte. Der Blitz beleuchtete verzogene Teufelslarven und Schlangenhaar, und den ganzen höllischen Apparat.

Mich fasste in dem Augenblick der Teufel bei einem Haar, und als sie die Gasse heraufführen, mischte ich mich rasch unter sie. Sie stutzten, als ob sie auf bösen Wegen gingen, über den vierten ungebetenen der zu ihnen stieß. »Nun zum Teufel! Kann der Teufel auch auf guten Wegen gehen!« rief ich wildlachend aus. »Drum lasst euch nicht irren, dass ich euch auf bösen antreffe. Ich bin euresgleichen, Brüder, ich mache mit euch Gemeinschaft!« – Das brachte sie wahrhaftig in Verlegenheit. Der eine stieß ein »Gott sei bei uns!« aus, und bekreuzte sich, was mich Wunder nahm, weshalb ich ausrief: »Bruder Teufel fall nicht so hart aus dem Charakter, ich möchte sonst beina-

14

he an dir selbst verzweifeln und dich für einen Heiligen halten, zum Mindesten für einen Geweihten. – Überlege ich's indes reiflicher, so muss ich dir wohl eher Glück wünschen, dass du endlich auch das Kreuz verdaut hast, und von Haus aus ein eingefleischter Teufel, dich dem Scheine nach zu einem Heiligen ausbildetest!«

An der Sprache mochten sie es endlich weghaben, dass ich nicht einer ihresgleichen wäre, und sie fuhren alle drei auf mich ein, und sprachen nun gar in einem echt klerischen Tone von Exkommunizieren, u. dgl., wenn ich sie in ihrer Hantierung stören würde.

»Sorgt nicht«, erwiderte ich, »ich habe bisher wahrlich an den Teufel nicht geglaubt, doch seit ich euch gesehen, ist er mir klar worden, und ich bin gewiss, dass ihr zunftfähig seid. Macht eure Sachen ab, denn mit der Hölle und der Kirche kann's kein armer Nachtwächter aufnehmen.«

Dahin fuhren sie, ins Haus hinein. Ich folgte bedenklich nach.

Es war ein furchtbares Schauspiel, Blitz und Nacht wechselten Schlag auf Schlag. Jetzt war es hell und man sah das Handgemenge der drei um den Sarg und das Blitzen des Säbels in der Hand des eisenfesten Kriegsmannes, dazwischen schaute der Tote mit seinem blassen starren Gesicht unbeweglich wie eine Larve. Dann war es wieder tiefe Nacht, und nur fern, im Hintergrunde der Nische ein matter Schimmer und die kniende Mutter mit den drei Kindern rang im verzweifelnden Gebet.

Es ging alles still und ohne Worte zu; aber jetzt krachte es auf einmal zusammen, wie wenn der Teufel die Oberhand erhielte. Die Blitze wurden sparsamer und es blieb längere Zeit Nacht. Nach einem Weilchen indes fuhren zwei rasch zur Tür heraus, und ich sah es durch die Finsternis bei dem Leuchten ihrer Augen – sie trugen wirklich einen Toten mit sich fort.

Da stand ich, in mich hineinfluchend vor der Tür; auf der Flur war es ganz finster, keine Seele regte sich, und ich glaubte auch dem wackeren Kriegsmanne, zum Mindesten, den Hals gebrochen.

In diesem Augenblick flammte ein heftiger Blitz, mit dem sich die Gewitterwolke völlig entlud, und blieb, gleichsam wie eine aufgepflanzte Fackel, eine Zeitlang in der Luft, ohne zu verlöschen. Da sah ich den Soldaten wieder ruhig und kalt am Sarge stehen, und die Leiche lächelte wie zuvor – aber, o Wunder! Dicht neben dem lächelnden Totenantlitz grinste eine Teufelslarve, und der Rumpf fehlte zum Ganzen, und ein purpurroter Blutstrom färbte das weiße Sterbegewand des schlafenden Freigeistes. –

Schaudernd wickelte ich mich in meinen Mantel, vergaß es, zu blasen und die Stunde abzusingen und floh meiner Hütte zu.

Dritte Nachtwache

Wir Nachtwächter und Poeten kümmern uns um das Treiben der Menschen am Tage, in der Tat wenig; denn es gehört zur Zeit zu den ausgemachten Wahrheiten: Die Menschen sind wenn sie *handeln* höchst alltäglich und man mag ihnen höchstens wenn sie *träumen* einiges Interesse abgewinnen.

Aus diesem Grunde erfuhr ich denn auch von dem Ausgang jener Begebenheit nur Unzusammenhängendes, das ich eben so unzusammenhängend mitteilen will.

Über den Kopf zerbrach man sich am meisten die Köpfe, war es doch kein gewöhnlicher, sondern ein wahrhaftes Teufelshaupt. Die Justiz, der es vorgelegt wurde, wies die Sache von sich, indem sie äußerte, dass die Köpfe eben nicht in ihr Fach schlügen. Es war in der Tat ein böser Handel und man geriet sogar in Streit darüber, ob man gegen den Soldat criminaliter verfahren, indem er einen Todschlag begangen, oder ihn vielmehr kanonisieren müsse, weil der Erschlagene der Teufel. Aus dem letztern entsprang wieder ein neues Übel; es wurde nämlich in mehreren Monaten keine Absolution mehr begehrt, weil man den Teufel jetzt geradezu leugnete und sich auf den in Verwahrung genommenen Kopf berief. Die Pfaffen schrien sich von den Kanzeln heiser und behaupteten ohne weiteres, dass ein Teufel auch ohne Kopf bestehen könne, wovon sie Beweisgründe, aus ihren eigenen Mitteln, anzuführen, erbötig wären.

Aus dem Kopfe selbst konnte man in der Tat nicht ganz klug werden. Die Physiognomie war von Eisen; doch ein Schloss, das sich an der Seite befand, führte fast auf die Vermutung, dass der Teufel noch ein zweites Gesicht unter dem ersten verborgen hätte, welches er vielleicht nur für besondere Festtage aufsparte. Das Schlimmste war, dass zu dem Schlosse, und also auch zu diesem zweiten Gesicht, der Schlüssel fehlte. Wer weiß was sonst für fruchtbare Bemerkungen über Teufelsphysiognomien hätten gemacht werden können, da hingegen das erste nur ein bloßes Alltagsgesicht war, das der Teufel auf jedem Holzschnitte führt.

In dieser allgemeinen Verwirrung und bei der Ungewissheit, ob man ein echtes Teufelshaupt vor sich habe, wurde beschlossen, dass der Kopf dem Doktor Gall in Wien zugesandt würde, damit er die untrüglichen satanischen Protuberanzen an ihm aufsuchen möchte; jetzt mischte sich plötzlich die Kirche ins Spiel, und erklärte dass sie bei solchen Entscheidungen als die erste und letzte Instanz anzusehen sei, sie ließ sich den Schädel ausliefern, und wie es bald darauf hieß, war er verschwunden, und mehrere der geistlichen Herren wollten in der Nachtstunde den Teufel selbst gesehen haben, wie er den ihm fehlenden Kopf wieder mit sich nahm.

Somit blieb die ganze Sache so gut, wie unaufgeklärt, um so mehr, da der Einzige, der allenfalls noch einiges Licht hätte geben können, jener Pfaff nämlich, der das Anathema über den Freigeist aussprach, an einem Schlagflusse plötzlich Todes verfahren war. So sagte es wenigstens das Gerücht und die Klosterherren; denn den Leichnam selbst hatte kein Profaner gesehen, weil er, der warmen Jahrszeit wegen, schnell beigesetzt werden musste.

Die Geschichte ging mir während meiner Nachtwache sehr im Kopf herum, denn ich hatte bis jetzt nur an einen poetischen Teufel geglaubt, keineswegs aber an den wirklichen. Was den poetischen anbetrifft, so ist es gewiss sehr schade, dass man ihn jetzt so äußerst vernachlässigt, und statt eines absolut bösen Prinzips, lieber die tugendhaften Bösewichter, in Iffland- und Kotzebuescher Manier, vorzieht, in denen der Teufel vermenschlicht, und der Mensch verteufelt erscheint. In einem schwankenden Zeitalter scheut man alles Absolute und Selbstständige; deshalb mögen wir denn auch weder echten Spaß, noch echten Ernst, weder echte Tugend noch echte Bosheit mehr leiden. Der Zeitcharakter ist zusammengeflickt und gestoppelt wie eine Narrenjacke, und was das Ärgste dabei ist – der Narr, der darin steckt, möchte ernsthaft scheinen. –

Als ich diese Betrachtungen anstellte, hatte ich mich in eine Nische vor einen steinernen Crispinus gestellt, der eben einen solchen grauen Mantel trug, als ich. Da bewegten sich plötzlich eine weibliche und eine männliche Gestalt dicht vor mir und lehnten sich fast an mich, weil sie mich für den Blind- und Taubstummen von Stein hielten. Der Mann ließ es sich recht angelegen sein im rhetorischen Bombast, und sprach in einem Atem von Liebe und Treue; das Frauenbild dagegen zweifelte gläubig, und machte viel künstlichen Händeringens. Jetzt berief sich der Mann kecklich auf mich, und schwur er stehe unwandelbar und unbeweglich wie das Standbild. Da wachte der Satyr in mir auf, und als jener die Hand gleichsam zur Beteuerung auf meinen Mantel legte, schüttelte ich mich boshaft ein wenig, worüber beide erstaunten; doch der Liebhaber nahm's auf die leichte Achsel, und meinte der Quader unter dem Standbild habe sich gesenkt, wodurch es das Gleichgewicht in etwas verloren.

Er verschwur jetzt nacheinander in zehn Charakteren aus den neuesten Dramen und Tragödien seine Seele, wenn er jemals treulos; zuletzt redete er gar noch in der Manier des Don Juan, dem er diesen Abend beigewohnt hatte, und schloss mit den bedeutenden Worten: »Dieser Stein soll als furchtbarer Gast erscheinen bei unserem nächtlichen Mahle, meine ich's nicht redlich.« – Ich merkte mir's und hörte nun noch wie sie ihm das Haus beschrieb, und eine geheime Feder an der Tür, wodurch er diese öffnen könne, zugleich auch die Mitternachtsstunde zum Gastmahl festsetzte.

17

Ich war eine halbe Stunde früher auf dem Platz, fand das Haus, die Tür, nebst der geheimen Feder, und schlich leise mehrere Hintertreppen hinauf bis zu einem Saal, auf dem es dämmerte. Das Licht fiel durch zwei Glastüren; ich nahte mich der einen, und erblickte ein Wesen in einem Schlafrock am Arbeitstisch, von dem ich anfangs zweifelhaft blieb, ob es ein Mensch oder eine mechanische Figur sei, so sehr war alles Menschliche an ihm verwischt, und nur bloß der Ausdruck von Arbeit geblieben. Das Wesen schrieb, in Aktenstöße vergraben, wie ein lebendig eingescharrter Lappländer. Es kam mir vor als wollte es das Treiben und Hausen unter der Erde schon im Voraus, über ihr, kosten, denn alles Leidenschaftliche und Teilnehmende war auf der kalten hölzernen Stirn ausgelöscht, und die Marionette saß, leblos aufgerichtet, in dem Aktensarge voll Bücherwürmer. Jetzt wurde der unsichtbare Draht gezogen, da klapperten die Finger, ergriffen die Feder und unterzeichneten drei Papiere nacheinander; ich blickte schärfer hin – es waren Todesurteile. Auf dem Tische lagen der Justinian und die Halsordnung, gleichsam die personifizierte Seele der Marionette.

Tadeln konnte ich's nicht; aber der kalte Gerechte kam mir vor wie die mechanische Todesmaschine, die willenlos niederfällt; sein Arbeitstisch wie die Gerichtsstätte, auf der er in einer Minute mit drei Federzügen drei Todesurteile vollstreckt hatte. Beim Himmel hätte ich die Wahl zwischen beiden, lieber wäre ich der lebende Sünder, als dieser tote Gerechte.

Noch mehr ergriff es mich, als ich sein wohlgetroffenes in Wachs bossiertes Konterfei ihm unbeweglich gegenüber sitzen sah, als wäre es an einem leblosen Exemplar nicht genug, und eine Doublette nötig, um die tote Seltenheit von zwei verschiedenen Seiten zu zeigen.

Jetzt trat die Dame von vorhin ein, und die Marionette zog die Mütze ab, und legte sie ängstlich erwartend bei sich hin. »Noch nicht schlafen gegangen?« sagte jene, »was führen Sie für ein wildes Leben! Die Phantasie ewig angespannt!« – »Phantasie?« fragte er verwundert, »was meinen Sie damit? Ich verstehe die neuen Terminologien so selten, in denen Sie jetzt reden.« – »Weil Sie sich für nichts Höheres interessieren; nicht einmal für das Tragische!« – »Tragisch? Ei allerdings!« antwortete er selbstgefällig, »sehen Sie hier, ich lasse drei Delinquenten hinrichten!« – »O weh, welche Sentiments!« – »Wie? Ich dachte Ihnen eine Freude damit zu machen, weil in den Büchern die Sie lesen, so viele ums Leben kommen. Deshalb habe ich auch, um Sie zu überraschen, die Hinrichtungen an Ihrem Geburtstage festgesetzt!« – »Mein Gott! Meine Nerven!« – »O weh, Sie bekommen den Zufall jetzt so häufig, dass mir jedes Mal bang im Voraus wird!« »Ach ja, *Sie* können leider dabei nicht helfen. Gehen Sie nur, ich bitte, und legen Sie sich schlafen!«

18

Das Gespräch war zu Ende, und er ging, indem er sich den Schweiß von der Stirn trocknete. Ich beschloss in dem Augenblicke teuflisch genug, ihm noch, womöglich, diese Nacht seine Frau in die hochnotpeinliche Halsgerichtsordnung auszuliefern, damit er Macht über sie erhielte.

Es währte nun auch gar nicht lange, als mein Mars zu seiner Venus schlich. Mir fehlte zum Vulkan, da ich von Natur hinkte, und nicht zum Besten aussah, eben wenig mehr, als das goldne Netz, indes beschloss ich, in Ermangelung dessen, einige goldene Wahrheiten und Sittensprüchlein anzuwenden. Anfänglich ging es ganz leidlich zu; mein Bursche sündigte bloß an der Poesie durch eine zu materielle Tendenz seiner Schilderungen; er malte einen Himmel voll Nymphen und sich neckender Liebesgötter an den Betthimmel unter dem er zu ruhen gedachte, den Weg dahin bestreute er mit Vexierrosen, die er zahlreich in zierlichen Redefloskeln von sich warf, und die Dornen die ihm dann und wann die Füße verwunden wollten, umging er durch leichte frivole Wendungen.

Als der Sünder sich nun aber so in ein poetisches Element versetzt, und die Moral völlig, dem Geiste der neuesten Theorien gemäß, abgewiesen hatte, der grünseidne Vorhang vor der Glastür herabrollte, und das Ganze ein Gardinenstück zu werden begann, wandte ich rasch mein antipoeticum an, und stieß gellend in das Nachtwächterhorn, worauf ich mich auf ein leeres Piedestal, das für die Statue der Gerechtigkeit, die bis jetzt noch in der Arbeit, bestimmt war, schwang, und still und unbeweglich stehen blieb.

Der furchtbare Ton hatte die beiden aus der Poesie, und den Ehemann aus dem Schlafe geschreckt, und alle drei eilten plötzlich zu gleicher Zeit aus zwei verschiedenen Türen.

»Der steinerne Gast« rief der Liebhaber schaudernd, indem er mich erblickte;« Ah, meine Gerechtigkeit!« der Ehemann, »ist sie endlich fertig geworden; wie unerwartet hast du mich dadurch überrascht, Liebchen!« – »Reiner Irrtum«, sagte ich, »die Gerechtigkeit liegt noch immer drüben beim Bildhauer, und ich habe mich nur provisorisch auf das Piedestal gestellt, damit es, bei besonders wichtigen Gelegenheiten, nicht ganz leer sei. Es bleibt zwar immer mit mir nur ein Notbehelf, denn die Gerechtigkeit ist kalt wie Marmor, und hat kein Herz in der steinernen Brust, ich aber bin ein armer Schelm voll sentimentaler Weichlichkeit, und gar dann und wann etwas poetisch gestimmt; indes, bei gewöhnlichen Fällen für das Haus mag ich immer gut genug sein, und wenn es Not tut, einen steinernen Gast abgeben. Solche Gäste haben das für sich, dass sie nicht mitessen und auch nicht warm werden, wo es Schaden bringen könnte, dagegen die anderen leicht Feuer fangen, und es dem Hausherrn vor der Stirn heiß machen, wie mir das Beispiel nahe liegt.«

»Ei, ei, mein Gott, was ist denn das?« stammelte der Ehemann.

»Dass die Stummen zu reden anfangen, meinen Sie? Das fließt aus der Frivolität des Zeitalters. Man sollte nie den Teufel an die Wand malen. Unsere jungen Herren von Welt setzen sich aber darüber hinaus, und missbrauchen dergleichen bei schwachen Seelen, um sich von der heroischen Seite zu zeigen. Da habe ich nun meinen Mann beim Wort genommen, ob ich gleich eigentlich nicht hierher gehöre, sondern draußen auf dem Markte stehe im grauen Mantel als heiliger Crispinus von Stein.«

»Du Gott, was soll man davon denken!« fuhr jener beängstet fort«, es ist gar nicht in der Ordnung, und ein unerhörter Fall!«

»Für den Rechtsgelehrten gewiss! Dieser Crispinus war nämlich ein Schuster, legte sich aber aus besonderer Frömmigkeit und einem wirklichen Überfluss von Tugend auf die Dieberei, und stahl das Leder, um den Armen Schuhe daraus zu machen. Was lässt sich da entscheiden, reden Sie selbst! Ich sehe keinen andern Ausweg, als ihn zuerst zu hängen, und nachher zu kanonisieren. Aus ähnlichen Gründen müsste man z. B. gegen Ehebrecher verfahren, die bloß um den Hausfrieden aufrechtzuerhalten, gegen die Gesetze verstoßen; der animus ist hier offenbar ein löblicher, und darauf kommt's doch hauptsächlich an. Wie manche Frau würde nicht ihren Mann zu Tode quälen, wenn nicht ein solcher Hausfreund sich einfände, und aus reiner Moralität zum Schurken würde. Hier stehe ich eigentlich an meinem Thema, und wir können nun in Gottes Namen die hochnotpeinliche Halsgerichtsordnung aufschlagen. – Doch ich sehe dass die Inquisiten bereits beide in Ohnmacht liegen; da müssen wir im Prozesse eine Pause machen!«

»Inquisiten?« fragte der Ehemann mechanisch. »Ich sehe keine, die dort ist meine Ehehälfte!« –

»Schon gut, wir wollen für's Erste bei ihr stehen bleiben. Ehehälfte! Ganz recht! Das heißt: das Kreuz oder die Qual in der Ehe – und wahrhaftig das ist schon eine exemplarische Ehe, wo dieses Kreuz nur die Hälfte ausmacht. Seid Ihr nun, als die zweite Hälfte, der Ehesegen, so ist Eure Ehe wirklich ein Himmel auf Erden.«

»Der Ehesegen!« sagte jener mit einem tiefen Seufzer.

»Keine sentimentale Randglosse, lieber Freund, werfen wir hier vielmehr einen Blick auf den zweiten Inquisiten, der ebenfalls aus Schrecken, über den steinernen Gast, in Ohnmacht liegt. Wenn wir Personen von Rechtswegen, Milderungsgründe aus moralischen Prinzipien herleiten dürften, so möchte ich schon sein Defensor sein, und wollte wenigstens die Strafe des Köpfens, die die Carolina über ihn verhängt, von ihm abwenden; zumal da bei solchen Schächern das Köpfen doch nur in effigie angewandt werden

20

kann, weil bei ihnen, ernstlich genommen, von einem Kopfe nie die Rede ist!« –

»Die Karolina sollte auf einmal so grausam geworden sein!« sagte jener ganz konfus. »Vorhin schauderte sie doch noch, als ich vom Hinrichten sprach!« –

»Ich verdenke es Euch nicht« antwortete ich, »dass ihr beide Karolinen miteinander verwechselt; denn Eure lebende Karolina ist, als Ehekreuz und Folter, leicht mit der hochnotpeinlichen zu vertauschen, die ebenfalls keinen Himmel voll Geigen abhandelt. Ja fast möchte ich behaupten, eine solche eheliche sei noch viel ärger als die kaiserliche, indem in dieser wenigstens in keinem einzigen Falle von *lebenslänglicher* Folter die Rede ist.« –

»Aber mein Gott, das kann doch nicht so fort gehen!« sagte er auf einmal wie zu sich kommend. »Man weiß nicht so recht mehr, ob man wacht oder träumt; ja ich hätte Lust mich zu betasten und zu zwicken, bloß um zu sehen, ob ich wachte oder schliefe, wenn ich nicht darauf schwören wollte, vorher wirklich den Nachtwächter gehört zu haben!« –

»Ei mein Gott!« rief ich aus. »Jetzt erwache ich; Ihr habt mich beim Namen gerufen, und es ist noch mein Glück, dass ich mich gerade nicht zu hoch befinde, etwa auf einem Dache, oder in einer dichterischen Begeisterung, um mir jetzt beim Herabfallen den Hals zu brechen. So aber stehe ich glücklicherweise nicht höher, als hier die Gerechtigkeit stehen soll, und da bleibe ich noch menschlich und unter den Menschen. Ihr starrt mich an, und könnt Euch nicht darin finden; doch will ich's Euch sogleich lösen. Ich bin Nachtwächter hier, und zugleich Nachtwandler, wahrscheinlich weil sich beide Funktionen in einer Person vorstehen lassen. Wenn ich nun als Nachtwächter mein Amt verrichte, so kommt mir oft die Lust an als Nachtwandler mich auf scharfe Spitzen, wie auf Dachspitzen oder andere kritische Stellen in dieser Art zu begeben; und so bin ich denn auch wahrscheinlich hier auf das Piedestal der Themis gekommen. Es ist eine verzweifelte Laune, die mich noch um den Hals bringen kann; indes fügte es sich doch oft, dass ich dadurch die guten Einwohner dieser Stadt auf eine eigene Weise vor Diebstählen gesichert habe, eben weil ich in alle Winkel zu kriechen pflege, und das gerade die unschädlichsten Diebe sind, die ihr Handwerk nur draußen herum an den Läden mit Brechstangen exerzieren. Dieser Punkt glaub' ich, entschuldigt mich; und somit gehe es Euch wohl!«

Ich entfernte mich, und ließ den Ehemann und die anderen beiden, die nun auch wieder zu sich gekommen waren, erstaunt zurück. Wie sie nachher sich noch miteinander unterhalten haben, weiß ich nicht.

Vierte Nachtwache

Zu den Lieblingsörtern, an denen ich mich während meiner Nachtwachen aufzuhalten pflege, gehört der Vorsprung in dem alten gotischen Dom. Hier sitze ich bei dem dämmernden Schein der einzigen immer brennenden Lampe und komme mir oft selbst wie ein Nachtgeist vor. Der Ort lädt zu Betrachtungen ein; heute führte es mich auf meine eigene Geschichte, und ich blätterte, gleichsam aus Langeweile, mein Lebensbuch auf, das verwirrt und toll genug geschrieben ist.

Gleich auf dem ersten Blatt sieht es bedenklich aus, und pagina V handelt nicht von meiner Geburt, sondern vom Schatzgraben. Hier sieht man mystische Zeichen, aus der Kabbala und auf dem erklärenden Holzschnitt einen nicht gewöhnlichen Schuhmacher, der das Schuhmachen aufgeben will, um Gold machen zu lernen. Eine Zigeunerin steht daneben, gelb und unkenntlich und das Haar struppig um die Stirn gezaust; sie unterrichtet ihn im Schatzgraben, gibt ihm eine Wünschelrute und zeigt auch genau den Ort an, wo er in drei Tagen einen Schatz heben soll. Ich habe heute bloß die Laune mich bei den Holzschnitten in dem Buch aufzuhalten, und somit gehe ich zum

zweiten Holzschnitte

über. Hier ist der Schuhmacher wieder, ohne die Zigeunerin; sein Gesicht ist diesmal dem Künstler schon weit ausdrucksvoller gelungen. Es hat kräftige Züge und zeigt an, dass der Mann nicht bloß bei den Füßen stehen geblieben, sondern ultra crepidam gegangen ist. Er ist ein satirischer Beitrag zu den Fehlgriffen des Genies, und macht es einleuchtend, wie derjenige, der ein guter Hutmacher geworden wäre, einen schlechten Schuhmacher abgeben muss, und auch im Gegenteile, wenn man das Beispiel auf den Kopf stellt. – Das Lokale ist ein Kreuzweg, die schwarzen Striche sollen die Nacht anschaulich machen und der Zickzack am Himmel einen Blitz bedeuten. Es ist klar, ein anderer ehrlicher Mann von Handwerk liefe bei solchen Umgebungen davon; unser Genie aber lässt sich nicht stören. Er hat bereits aus einer Vertiefung eine schwere Truhe gehoben; und ist auch schon darüber aus gewesen, sein erobertes Schatzkästlein zu öffnen. Doch, o Himmel, sein Inhalt ist wohl nur allein für den kuriosen Liebhaber ein Schatz zu nennen – denn ich selbst befinde mich leibhaft in dem Kästlein, und zwar ohne alle fahrende Habe, und schon ein ganz fertiger Weltbürger.

Was mein Schatzgräber für Betrachtungen über seinen Fund angestellt hat, davon steht nichts auf dem Holzschnitt, weil der Künstler die Grenzen seiner Kunst nicht im Mindesten hat überschreiten wollen.

Dritter Holzschnitt

Hier ist ein gewiegter Kommentator vonnöten. – Auf einem Buch sitze ich, aus einem lese ich; mein Adoptiv-Vater beschäftigt sich mit einem Schuh, scheint aber zugleich eigenen Betrachtungen über die Unsterblichkeit Raum zu geben. Das Buch worauf ich sitze, enthält Hans Sachsens Fastnachtsspiele, das, woraus ich lese, ist Jakob Böhmens Morgenröte, sie sind der Kern aus unserer Hausbibliothek, weil beide Verfasser zunftfähige Schuhmacher und Poeten waren.

Weiter mag ich nicht im Erklären gehen, weil in dem Holzschnitte von meiner eigenen Originalität zu viel die Rede ist. Ich lese also lieber das hierzugehörige

dritte Kapitel

für mich in der Stille. Es ist von meinem Schuhmacher, der soweit es ging, meinen Lebenslauf selbst fortgeführt hat, verfasst, und hebt so an:

»Wunderlich wird mir gar oft zumute, wenn ich den Kreuzgang betrachte.« – Es war nämlich dem Gebrauch gemäß, der Ort, wo ich gefunden, bei meiner Taufe, zu mir Gevatter geworden. – »Über einen gewöhnlichen Leisten kann ich ihn nicht schlagen, denn es ist etwas Überschwängliches in ihm, etwa wie in dem alten Böhme, der auch schon früh über dem Schuhmachen sich vertiefte und ins Geheimnis verfiel. So auch er; kommen ihm doch ganz gewöhnliche Dinge höchst ungewöhnlich vor; wie z. B. ein Sonnenaufgang, der sich doch tagtäglich zuträgt, und wobei wir anderen Menschenkinder eben nichts Absonderliches zu denken pflegen. So auch die Sterne am Himmel und die Blumen auf der Erde, die er oft untereinander sich besprechen und gar wundersamen Verkehr treiben lässt. Hat er mich doch neulich über einen Schuh gar konfus gemacht, indem er mich anfangs über die Bestandteile desselben befragte, und als ich ihm darauf Rede und Antwort gegeben hatte, plötzlich über jede einzelne Substanz Aufklärung verlangte, immer höher und höher sich verstieg, erst in die Naturwissenschaften, indem er das Leder auf den Ochsen zurückführte, dann gar noch weiter bis ich mich zuletzt mit meinem Schuhe hoch oben in der Theologie befand und er mir grad heraus sagte dass ich in meinem Fache ein Stümper sei, weil ich ihm darin nicht bis zum letzten Grunde Auskunft geben könnte. Ebenfalls nennt er die Blumen oft eine Schrift, die wir nur nicht zu lesen verständen, desgleichen auch die bunten Gesteine. Er hofft diese Sprache noch einst zu lernen, und verspricht dann gar wundersame Dinge daraus mitzuteilen. Oft behorcht er ganz heimlich die Mücken oder Fliegen wenn sie im Sonnenschein summen, weil er glaubt sie unterredeten sich über wichtige Gegenstände, von denen bis jetzt noch kein Mensch etwas ahnte:

Schwatzt er den Gesellen und Lehrburschen in der Werkstatt dergleichen vor und sie lachen über ihn, so erklärt er sie sehr ernsthaft für Blinde und Taube, die weder sähen noch hörten, was um sie her vorginge. Jetzt sitzt er Tag und Nacht beim Jakob Böhme und Hans Sachs, welches zween gar absonderliche Schuhmacher waren, aus denen auch zu ihrer Zeit niemand klug werden konnte. –

So viel ist mir sonnenklar; ein gewöhnliches Menschenkind ist dieser Kreuzgang nicht, bin ich doch auch auf keine gewöhnliche Weise zu ihm gekommen.

Nie wird mir der Abend aus dem Sinne kommen, als ich unmutig über meinen wenigen Verdienst hier auf dem Dreifuße eingeschlummert war; – dass es gerade ein Dreifuß sein musste, soll, wie man mir sagt, nicht ohne Einfluss gewesen sein – es träumte mir wie ich einen Schatz fände in einer verschlossenen Truhe, doch gebot man mir diese Truhe nicht eher zu öffnen, bis ich erwacht sein würde. Das war alles so deutlich und selbst verständig, indem Traum und Wachen sich ganz klar voneinander unterschieden, dass es mir nie wieder aus dem Kopfe wollte, und ich zuletzt mit einer Zigeunerin Bekanntschaft machte, um den Versuch wirklich anzustellen.

Es ging alles in der Ordnung; ich hob die Truhe die ich im Traume gesehen, besann mich zuvor, ob ich wirklich wachte, und öffnete sie dann; aber statt des Goldes was ich erwartete, hatte ich dieses Wunderkind aus der Erde gehoben.

Anfangs war ich wohl etwas betreten darüber, weil solch ein lebendiger Schatz zum Mindesten von einem toten begleitet sein muss, wenn ein Übriges dabei herauskommen soll, und der Bube war mutternackt, und lachte noch dazu darüber, als ich ihn darauf ansah. Als ich mich besonnen hatte, nahm ich indes die Sache tiefer und hatte meine eigenen Gedanken dabei, weshalb ich meinen Schatz sorgsam nach Hause trug.«

So weit mein ehrlicher Schuhmacher, als ich plötzlich durch eine sonderbare Erscheinung unterbrochen wurde. Eine große männliche Gestalt in einen Mantel gehüllt, schritt durch das Gewölbe, und blieb auf einem Grabsteine stehen. Ich schlich mich leise hinter eine Säule, wo ich ihr nahe war, da warf sie den Mantel von sich, und ich erblickte hinter schwarzen tief über die Stirne herabtretenden Haaren ein finsteres feindliches Antlitz mit einem südlichen blassgrauen Kolorit.

Ich trete immer vor ein fremdes ungewöhnliches Menschenleben mit denselben Gefühlen hin, wie vor den Vorhang hinter dem ein Shakespearesches Schauspiel aufgeführt werden soll; und am liebsten ist es mir, wenn jenes so wie dieses ein Trauerspiel ist, wie ich denn auch neben dem echten Ernst nur tragischen Spaß leiden mag, und solche Narren wie im König Lear;

24

eben weil diese allein wahrhaft keck sind und die Possenreißerei en gros treiben und ohne Rücksichten, auf das ganze Menschenleben. Die kleinen Witzbolde und gutmütigen Komödienverfasser dagegen, die sich nur bloß in den Familien umhertreiben, und nicht, wie Aristophanes, selbst über die Götter sich lustig zu machen wagen, sind mir herzlich zuwider, ebenso wie jene schwachen gerührten Seelen, die statt ein ganzes Menschenleben zu zertrümmern, um den Menschen selbst darüber zu erheben, sich nur mit der kleinen Quälerei beschäftigen, und neben ihrem Gefolterten den Arzt stehen haben, der ihnen genau die Grade der Tortur bestimmt, damit der arme Schelm, obgleich geradebrecht, doch mit dem Leben zuletzt noch davon gehen kann; als ob das Leben das Höchste wäre, und nicht vielmehr der Mensch, der doch weiter geht als das Leben, das gerade nur den ersten Akt und das Inferno in der divina comedia, durch die er, um sein Ideal zu suchen, hinwandelt, ausmacht. –

Mein Mann, der hier nahe vor mir auf dem Grabstein kniete, einen blankgeschliffenen Dolch, den er aus einer schön gearbeiteten Scheide gezogen, in der Hand, schien mir echt tragischer Natur zu sein, und fesselte mich in seine Nähe.

Feuerlärm hatte ich eben nicht Lust zu machen, im Falle er etwas Ernsthaftes unternehmen würde, ebenso wenig wollte ich als Vertrauter in der Kulisse stehen, um im fünften Akt bei dem Stichwort zu rechter Zeit bereit zu sein, meinem Helden den Arm zu halten; denn sein Leben kam mir vor gleichsam wie die schön gearbeitete Scheide in seiner Hand, die in der bunten Hülle den Dolch verbarg, oder wie der Blumenkorb der Kleopatra, unter dessen Rosen die giftige Schlange lauschte, und wo das Drama des Lebens sich einmal so zusammengestellt hat, muss man die tragische Katastrophe nicht abwenden wollen.

Ich hatte einen König Saul, als ich noch Marionettendirektor war, dem er aufs Haar glich; auch in allen seinen Manieren – gerade solche hölzerne mechanische Bewegungen, und einen so steinernen antiken Stil, wodurch sich Marionettentruppen vor lebenden Schauspielern auszeichnen, die heutzutage auf unseren Theatern nicht einmal auf die rechte Weise zu sterben verstehen.

Es war schon alles dicht bis zum Niederfallen des Vorhangs beendigt, da blieb dem Manne plötzlich der schon zum Todesstoß aufgehobene Arm erstarrt, und er kniete wie ein steinernes Denkbild auf dem Grabstein. Zwischen der Dolchspitze und der Brust, die sie durchschneiden sollte, war kaum noch eine Spanne weit Raum, und der Tod stand ganz dicht an dem Leben, doch schien die Zeit aufgehört zu haben und nicht mehr fortrücken zu wollen und der eine Moment zur Ewigkeit geworden zu sein, die auf immer alle Veränderung aufgehoben. – Mir wurde es ganz unheimlich, ich sah erschrocken hinauf nach dem Zifferblatt der Kirchenuhr, auch hier stand der Zeiger still und gerade auf der Mitternachtszahl. Ich schien mir gelähmt und ringsum war alles unbeweglich und tot; der Mann auf dem Grab, der Dom mit seinen starren hohen Säulen und Monumenten und den umher knienden steinernen Rittern und Heiligen, die unbeweglich auf eine neue hereinbrechende Zeit und ein Fortschreiten in derselben, wodurch sie entfesselt würden, zu harren schienen.

Jetzt war's vorüber, das Räderwerk der Uhr machte sich Luft, der Zeiger rückte fort, und der erste Schlag der Mitternachtsstunde hallte langsam durch das öde Gewölbe. Da schien, wie durch das Aufziehen des Uhrwerks, der Mann auf dem Grab wieder Bewegung zu erhalten, der Dolch rollte rasselnd auf dem Stein hin, und zerbrach.

»Verwünscht sei die Starrsucht«, sagte er kalt, wie wenn er's schon gewohnt wäre, »sie lässt mich nie den Stoß vollführen! –« Damit stand er, wie, wenn nichts weiter vorgefallen wäre, auf, und wollte sich wieder entfernen.

»Du gefällst mir«, rief ich, »es ist doch Haltung in deinem Leben, und echte tragische Ruhe. Ich liebe die große klassische Würde im Menschen, die viel Worte hasst, wo viel getan werden soll; und ein solcher Salto mortale, wie der, zu dem du eben bereit warst, ist doch nichts Kleines, und gehört zu den Forcestücken, die man, bis zuletzt, aufspart.« –

»Kannst du mir zu dem Sprung verhelfen«, sagte er finster, »so ist's gut; sonst bemühe dich nicht weiter in Lobsprüchen und Bemerkungen. Über die Kunst zu leben ist mehr als zu viel geschrieben, doch suche ich noch immer einen Traktat, über die Kunst zu sterben, vergeblich; und ich kann nicht sterben!« –

»O besäßen doch dieses dein Talent manche von unsern beliebten Schriftstellern!« rief ich aus, »Ihre Werke könnten dann immerhin Ephemeren bleiben, wären sie selbst doch unsterblich, und könnten ihre ephemerische Schriftstellerei ewig fortsetzen, und bis zum Jüngsten Tage beliebt bleiben. Leider aber kommt für sie die Stunde nur zu früh, in der sie und ihre Eintagsfliegen mit ihnen sterben müssen. – O Freund, könnte ich dich doch in diesem Augenblicke zu einem Kotzebue erheben, dieser Kotzebue ginge dann nie unter, und selbst am Ende aller Dinge lägen noch seine letzten Werke in dem Hogarthschen Schwanzstücke, und die Zeit könnte ihre letzte Pfeife die sie da raucht, mit einer Szene aus seinem letzten Drama anbrennen, und so begeistert, in die Ewigkeit übergehen!«

Der Mann wollte jetzt still abtreten, und ohne, wie ein schlechter Akteur, noch zum Schlusse eine gewaltige Tirade zu machen; ich aber hielt ihn bei der Hand, und sagte: »Nicht so eilig, Freund, ist es doch nicht nötig, da du

26

immer Zeit hast, solange nur überhaupt von der Zeit selbst die Rede sein kann; denn aus deinen Worten zu schließen, halte ich dich für den ewigen Juden, der, weil er das Unsterbliche lästerte, zur Strafe schon hier unten unsterblich geworden ist, wo alles um ihn her vergeht. Du siehst finster, du einziger Mensch, dessen Leben der Zeiger der Zeit, der als ein scharfes, nie im Morden innehaltendes Schwert, auf dem Zifferblatt umherfliegt, nimmer durchschneiden soll, und der nicht eher vergehen kann, als bis ihr eisernes Räderwerk selbst zertrümmert. Nimm die Sache von der leichten Seite; denn es ist doch spaßhaft und der Mühe wert, dieser großen Tragikomödie der Weltgeschichte bis zum letzten Akt als Zuschauer beizuwohnen, und du kannst dir zuletzt das ganz eigne Vergnügen machen, wenn du am Ende aller Dinge über der allgemeinen Sündflut auf dem letzten hervorragenden Berggipfel als einzig Übriggebliebener stehst, das ganze Stück, auf deine eigene Hand, auszupfeifen, und dich dann wild und zornig, ein zweiter Prometheus, in den Abgrund zu stürzen.«

»Pfeifen will ich«, sagte der Mann trotzig, »hätte mich nur der Dichter nicht selbst mit ins Stück verflochten als handelnde Person; das verzeih ich ihm nimmer!«

»Umso besser!« rief ich, »da gibt es wohl gar noch zu guter Letzt eine Revolte im Stück selbst, und der erste Held empört sich gegen seinen Verfasser. Ist das doch auch in der, der großen Weltkomödie nachgeäfften kleinen nicht selten, und der Held wächst am Ende dem Dichter über den Kopf, dass er ihn nicht mehr bezwingen kann. – O ich hätte wohl Lust deine Geschichte anzuhören, du ewig Reisender, um darüber mich auszuschütten vor Lachen; wie ich denn oft bei einer echten ernsten Tragödie brav zu lachen pflege, und im Gegenteile beim guten Possenspiel dann und wann weinen muss, indem das wahrhaft Kühne und Große immer zugleich von den beiden entgegengesetzten Seiten aufgefasst werden kann!« –

»Ich verstehe dich, Spaßvogel«, sagte der Mann! »Bin auch gerade jetzt wild genug um zu lachen, und dir meine Geschichte zu erzählen. Doch, beim Himmel, lass dir keine ernste Miene dabei entwischen, sonst machst du mich in dem Augenblick stumm!« –

»Sorge nicht, Kamerad, ich lache mit«, antwortete ich, und jener setzte sich unter eine steinerne, am Grabe betende Ritterfamilie, und hub an:

»Es ist, du wirst mir's zugeben, verdammt langweilig, seine eigene Geschichte von Perioden zu Perioden, so recht gemütlich, aufzurollen; ich bringe sie deshalb lieber in Handlung, und führe sie als ein Marionettenspiel mit dem Hanswurst auf; da wird das Ganze anschaulicher und possierlicher.

Zuerst gibt es eine Mozartsche Symphonie von schlechten Dorfmusikanten exekutiert, das passt so recht zu einem verpfuschten Leben, und erhebt das Gemüt durch die großen Gedanken, indem man zugleich bei dem Ge-kratze des Teufels werden möge. – Dann kommt der Hanswurst, und ent-schuldigt den Marionettendirektor, weil er es wie unser Herrgott gemacht, und die wichtigsten Rollen den talentlosesten Akteuren anvertraut habe; er leitet gerade daraus aber auch wieder das Gute her, dass das Stück rührend ausfallen müsse, eben wie es bei großen tragischen Stoffen der Fall sei, die durch kleine gewöhnliche Dichter bearbeitet würden. Über das Leben und den Zeitcharakter macht er die höchst albernen Bemerkungen, dass beide jetzt mehr rührend als komisch seien, und dass man jetzt weniger über die Menschen lachen als weinen könne, weshalb er denn auch selbst ein morali-scher und ernsthafter Narr geworden, und immer nur im edlen Genre sich zeige, wo er vielen Applaus bekäme.

Darauf treten die hölzernen Puppen selbst auf; zwei Brüder ohne Herzen umarmen sich, und der Hanswurst lacht über das Zusammenklappern der Arme, und über den Kuss, wobei sie die steifen Lippen nicht bewegen kön-nen. Der eine hölzerne Bruder bleibt im Marionettencharakter, und drückt sich unendlich steif aus, macht auch lange trockene Perioden, worin gar kein Leben hineinkommen will, und die deshalb Muster im prosaischen Stil abgeben. Die andere Puppe aber möchte gern einen lebendigen Akteur af-fektieren, und spricht hin und wieder in schlechten Jamben, reimt auch wohl gar zu Zeiten die Endsilben, und der Hanswurst nickt dabei mit dem Kopfe, und hält eine Rede über die Wärme des Gefühls in einer Marionette, und über den eleganten Vortrag bei tragischen Gedichten. – Darauf geben sich die Brüder die hölzernen Hände und gehen ab. Der Hanswurst tanzt ein Solo zur Zugabe, und dann redet im Zwischenakt Mozart wieder durch die Dorf-musikanten.

Jetzt geht's weiter. Zwei neue Puppen treten auf, eine Kolombine mit ei-nem Pagen, der den Sonnenschirm über sie ausspannt; die Kolombine ist die Primadonna der Gesellschaft, und ohne Schmeichelei das Meisterstück des Formenschneiders. Wahrhaft griechische Konturen, und alles an ihr ins Ideale hinübergearbeitet. Der eine Bruder kommt, derjenige, der vorher in Prosa sprach; er erblickt sie, schlägt sich auf die Stelle des Herzens, redet darauf plötzlich in Versen, reimt alle Endsilben, oder bringt die Assonanz in A und O an, dass die Kolombine darüber erschrickt, und mit dem Pagen da-von läuft. Jener will ihr nachstürzen, rennt aber, weil der Marionettendirek-tor hier ein Versehen macht, sehr hart gegen den Hanswurst, der nun, aus dem Stegreif, eine sehr boshafte satirische Rede hält, worin er ihm dartut, dass es seinem Schöpfer – dem Marionettendirektor nämlich – nicht gefalle, ihm die Dame zu bestimmen, und dass dadurch ebendas Stück recht toll und komisch werden würde, indem ein melancholischer Narr die possierlichste

28

Person in einem Possenspiel abgäbe. – Die andere Puppe stößt Flüche aus, lästert sogar in Verzweiflung auf den Direktor, wobei den Zuschauern vor Lachen die Tränen aus den Augen stürzen. Zuletzt fasst sie aber doch noch Hoffnung die Dame wiederzufinden, und beschließt wenigstens das ganze Theater zu durchsuchen. Der Hanswurst begleitet sie.

Im dritten Akt erscheint die Kolombine wieder, und tut sehr schön mit der andern Brudermarionette, sie singen auch ein zärtliches Duett mit einander, und wechseln sodann die Ringe, worauf ein alter geschäftiger Pantalon mit Musikanten ankommt, die viel lustige Musik abspielen, wobei man nur allein die Töne nicht hört, was auf die Zuschauer einen sonderbaren Eindruck macht. Zuletzt wird bei der stummen Musik getanzt, und der Pantalon macht recht gute Bemerkungen über sein musikalisches Gehör, verteidigt auch das Märchen, dass die Töne am Nordpol gefrören, und nur im warmen Süden wieder auftauten und hörbar würden. Das alles ist so sonderbar, dass man schlechterdings nicht weiß, ob man's ernsthaft oder lustig nehmen soll; einige gescheite Leute unter den Zuschauern halten's gar für toll.

Als jene beiden ersten endlich zu Bette gegangen sind, kommt der Hanswurst mit dem anderen Bruder wieder. Dieser spricht, wie er weite Reisen von einem Pol zum andern gemacht, und doch die Kolombine nicht gefunden, weshalb er verzweifeln und sich ums Leben bringen wollte. Der Hanswurst öffnet eine Klappe an der Brust der Marionette und findet wirklich jetzt zu seinem Erstaunen ein Herz darin, worüber er besorgt wird und in der Angst mehrere gescheite Ideen bekommt, z. B. dass alles im Leben, sowohl der Schmerz wie die Freude, nur Erscheinung sei, wobei nur bloß das ein böser Punkt, dass die Erscheinung selbst nie zur Erscheinung käme, weshalb die Marionetten es denn auch niemals ahnten, dass man sie zum Besten hätte und bloß zum Zeitvertreib mit ihnen spielte, sondern sich vielmehr sehr ernsthafte und bedeutende Personen dünkten. – Er will ihm darauf das Wesen einer Marionette selbst begreiflich machen, konfundiert sich aber beständig dabei, und steht nach einer langen sehr drolligen Rede wieder am Ende da, wo er anfing. – Nun lachte er in der Stille hämisch ins Fäustchen und geht ab. –

Im vierten Akt treffen die beiden Brüder zusammen, und indem der mit dem Herzen redet, werden plötzlich die stummen Töne aus dem vorigen Akt hörbar, und begleiten die Worte, worüber der Bruder ohne Herz ganz konfus wird. Harlekin kommt nun auch dazu und spottet über die Liebe, weil sie keine heroische Empfindung sei, und nicht für das allgemeine Beste benutzt werden könne. Er fordert auch den Direktor auf, sie für die Folge ganz abzuschaffen, und reine moralische Gefühle bei seiner Truppe einzuführen.

Zuletzt dringt er auf eine Revision des Menschengeschlechts und auf einige höchstnötige Weltreparaturen; besteht auch sehr trotzig darauf zu wissen, weshalb er den Narren eines ihm unbekannten Publikums abgeben müsse.

Nun wird eine tragische Situation sehr schlecht ausgeführt. Die schöne Kolombine erscheint nämlich, und als der Bruder ohne Herz sie dem andern als seine Gemahlin vorstellt, fällt dieser ohne ein Wort zu sagen, höchst ungeschickt, mit dem hölzernen Kopfe auf einen Stein. Jene beiden laufen fort, um Hilfe zu senden; der Hanswurst aber hebt ihn auf und indem er ihm die blutige Stirn abwischt, bittet er ihn ganz gelassen, dass, weil es keine Dinge an sich gäbe, er sich den Stein, so wie die ganze Geschichte lieber aus dem Kopf schlagen möge. Auch lobt er den Direktor, dass er das griechische Fatum abgeschafft und dafür eine moralische Theaterordnung eingeführt habe, nach der alles zuletzt sich gut auflösen müsse.

Der letzte Akt ist nun gar zum Totlachen. Erst werden alberne Walzer gespielt, um die Gemüter zu besänftigen; dann erscheint die Marionette mit dem Herzen, und beweist der Kolombine durch Syllogismen und Sophismen, dass der Direktor die Puppen vertauscht, und sie, in einem Irrtum, seinem Bruder zur Gemahlin gegeben, da sie doch dem komischen Ausgang des Stücks gemäß, ihm selbst gehöre. Die Kolombine scheint ihm zu glauben, will aber doch aus Moralität und Achtung gegen den Marionettendirektor es nicht gehabt haben, worauf er in Verzweiflung gerät und kurze Anstalt sie zu entführen macht. Sie stößt ihn verächtlich zurück, da gebärdet er sich wie ein Rasender, rennt die hölzerne Stirn gegen die Wand, und wendet die Assonanz in U an. Zuletzt stürzt er fort, und schleudert nur noch den schönen Pagen aus dem zweiten Akt, der eben schlaftrunken, im Nachtkleid, vorübergehen will, in das Zimmer, das er hinter sich zuschließt.

Nach einer kurzen Pause erscheint er wieder mit der Bruder-Marionette, die einen gezogenen Degen in der Hand hält, und nach einer kurzen steifen Tirade, erst den Pagen, dann die Kolombine und endlich sich selbst niederstößt. Der Bruder steht ganz stier und dumm unter den drei hölzernen Puppen, die rings umher auf der Erde liegen; dann greift er, ohne ein Wort weiter zu sagen, ebenfalls nach dem Degen, um auch sich selbst, zu guter Letzt, hinterher zu senden; doch in diesem Augenblicke reißt der Draht, den der Direktor zu starr anzieht, und der Arm kann den Stoß nicht vollführen und hängt unbeweglich nieder; zugleich spricht es wie eine fremde Stimme aus dem Munde der Puppe und ruft: ›Du sollst ewig leben!‹ –

Nun erscheint der Hanswurst wieder um ihn zu besänftigen und zu trösten, führt auch unter anderem, als er es gar zu arg macht, ärgerlich an, wie albern es sei, wenn es einer Marionette einfiele über sich selbst zu reflektieren, da sie doch bloß der Laune des Direktors gemäß, sich betragen

30

müsse, der sie wieder in den Kasten lege, wenn es ihm gefiele. Dann sagt er auch manches Gute über die Freiheit des Willens und über den Wahnsinn in einem Marionettengehirne, den er ganz realistisch und vernünftig abhandelt; alles das um der Puppe zu beweisen, wie toll es eigentlich von ihr sei dergleichen Dinge sehr hoch zu nehmen, indem alles zuletzt doch auf ein Possenspiel hinausliefe, und der Hanswurst im Grunde die einzige vernünftige Rolle in der ganzen Farce abgäbe, eben weil er die Farce nicht höher nähme als eine Farce.«

Hier hielt der Mann einen Augenblick inne, und sagte dann in recht lustig wilder Laune: »Da hast du das ganze Fastnachtsspiel, worin ich selbst den Bruder mit dem Herzen dargestellt habe. Ich finde es übrigens recht wohl getan, seine Geschichte so in Holz zu schnitzen und abzuspielen, man kann dabei recht boshaft sein, ohne dass die Moralisten etwas dagegen einwenden, und es eine Lästerung heißen dürfen. Auch erscheint alles recht erhaben unmotiviert, wie es doch in den ursprünglichen Verhältnissen wirklich ist, obgleich wir albernen Menschen im Kleinen gern motivieren mögen, dagegen unser Direktor es gar nicht tut, und keine Rechenschaft gibt, weshalb er so manche verpfuschte Rolle, wie ich z. B. eine bin, in seinem Fastnachtsspiele nicht ausstreichen will. O schon seit vielen Menschenaltern habe ich mich bestrebt aus dem Stück herauszuspringen, und dem Direktor zu entwischen, aber er lässt mich nicht fort, so pfiffig ich es auch anfangen mag. Das Überdrüssigste dabei ist die Langeweile, die ich immer mehr empfinde; denn du sollst wissen, dass ich hier unten schon viele Jahrhunderte als Akteur gedient habe, und eine von den stehenden italienischen Masken bin, die gar nicht vom Theater herunterkommen.«

»Ich hab's auf alle Weise versucht. Anfangs gab ich mich bei den Gerichten an, als großen Bösewicht und dreifachen Mörder; sie untersuchten's und taten endlich den Ausspruch: ich müsse leben bleiben, indem sich aus meiner Defension ergäbe, wie ich nicht in bestimmten und ausdrücklichen Worten den Mord beauftragt, und er mir nur höchstens als eine geistige Handlung zuzurechnen sei, die nicht vor ein forum externum gehöre. Ich verwünschte meinen Defensor, und die Folge war ein leichter Injurienprozess, womit man mich laufen ließ.«

»Darauf nahm ich Kriegsdienste, und versäumte keine Schlacht; doch zeichnete das Schicksal meinen Namen auf keine einzige Kugel, und der Tod umarmte mich auf der großen Walstätte unter tausend Sterbenden, und zerriss seinen Lorbeerkranz, um ihn mit mir zu teilen. Ja ich musste nun gar in dem verhassten Drama eine glänzende Heldenrolle übernehmen, und verwünschte knirschend meine Unsterblichkeit, die mir auf allen Seiten in den Weg trat.«

»Tausendmal setzte ich den Giftbecher an die Lippen, und tausendmal entstürzte er der Hand, ehe ich ihn leeren konnte. Zu jeder Mitternachtsstunde trete ich, wie die mechanische Figur an dem Zifferblatt einer Uhr, aus meiner Verborgenheit hervor, um den Todesstoß zu vollführen, gehe aber jedes Mal, wenn der letzte Schlag verhallt ist, wie sie, zurück, um so fort ins Unendliche wiederzukehren und abzugehen. O wüsste ich nur dieses immerfort sausende Räderwerk der Zeit selbst aufzufinden, um mich hineinzustürzen und es auseinanderzureißen, oder mich zerschmettern zu lassen. Die Sehnsucht diesen Vorsatz auszuführen bringt mich oft zur Verzweiflung; ja ich mache selbst wie im Wahnsinn tausend Pläne es möglich zu machen – dann schaue ich aber plötzlich tief in mich selbst hinein, wie in einen unermesslichen Abgrund, in dem die Zeit, wie ein unterirdischer nie versiegender Strom dumpf dahinrauscht, und aus der finsteren Tiefe schallt das Wort *ewig* einsam herauf, und ich stürze schaudernd vor mir selbst zurück, und kann mir doch nimmer entfliehen.« –

Hier endete der Mann, und in mir stieg die heiße Sehnsucht auf, dem armen Schlaflosen das wohltätige Opium mit eigener Hand zu reichen, und ihm den langen süßen Schlaf, nach dem sein heißes überwachtes Auge vergeblich schmachtete, zuzuführen. Doch fürchtete ich, dass in dem entscheidenden Augenblicke sein Wahnsinn von ihm weichen könnte, und er, sterbend, das Leben, eben um der Vergänglichkeit willen, wieder liebgewinnen möchte. O, aus diesem Widerspruch ist ja der Mensch geschaffen; er liebt das Leben um des Todes willen, und er würde es hassen, wenn das, was er fürchtet, vor ihm verschwunden wäre.

So konnte ich nichts für ihn tun, und überließ ihn seinem Wahnsinn und seinem Schicksal.

Fünfte Nachtwache

Die vorige Nachtwache währte lange, die Folge war, wie bei jenem, Schlaflosigkeit, und ich musste den hellen prosaischen Tag, den ich sonst meiner Gewohnheit gemäß, wie die Spanier, zur Nacht mache, durchwachen, und mich in dem bürgerlichen Leben und unter den vielen wachen Schläfern langweilen.

Da konnte ich nun nichts Besseres tun, als mir meine poetisch tolle Nacht in klare langweilige Prosa übersetzen, und ich brachte das Leben des Wahnsinnigen recht motiviert und vernünftig zu Papier, und ließ es zur Lust und Ergötzlichkeit der gescheiten Tagwandler abdrucken. Eigentlich war es aber nur ein Mittel mich zu ermüden, und ich wollte es in dieser Nachtwache mir vorlesen, um nicht zum zweiten Male mit der Prosa und dem Tage mich einlassen zu müssen.

Das geschieht denn auch nun jetzt ganz plan, wie folgt:

»*Don Juans* Vaterland war das heiße glühende Spanien, in dem Bäume und Menschen sich weit üppiger entfalten und das ganze Leben ein feurigeres Kolorit annimmt. Nur er allein schien wie ein nordischer Felsen in diesen ewigen Frühling versetzt zu sein, er stand kalt und unbeweglich da und nur dann und wann lief ein Erdbeben unter ihm hin, dass sie erschraken, und es ihnen unheimlich in seiner Nähe wurde.

Sein Bruder *Don Ponce* dagegen war jungfräulich mild, und wenn er sprach, blühten seine Worte in Blumen auf und schlangen sich um das Leben, durch das er wie durch einen grün verhüllten Zaubergarten hinwandelte. Alle liebten ihn; Juan hasste ihn nicht, aber sein Ausdruck war ihm zuwider, weil er nichts ruhig und groß zu nehmen wusste, sondern alles durch überladene Verzierungen verkleinerte, und überall seine bunten Schnörkel zuvor anpinseln musste, um sich die Dinge gefällig zu machen, wie schlechte Poeten, die die üppig reiche Natur noch zum zweiten Male auszuschmücken versuchen, statt eine neue selbstständige, durch eigene Kraft zu erschaffen.

Ohne Teilnahme lebten sie beieinander, und wenn sie sich umarmten, so schienen sie wie zwei erstarrte Tote auf dem Bernhard Brust gegen Brust gelehnt, so kalt war es in den Herzen, in denen weder Hass noch Liebe herrschte; nur Ponce hielt ihre unbeweglich lächelnde Maske vor das Gesicht und verschwendete viel freundliche Worte bei einem reinen angenehmen Vortrag ohne genialische Härten und herzliche Rohheit. Juan wurde dann nur spröder und zurückstoßender und dieser strenge Norden wehte feindlich in den milden Süden, dass die erkünstelten Blumen schnell entblätterten.

Das Schicksal schien sich zu erzürnen über die Gleichgültigkeit zweier verwandten Herzen, und es warf tückisch Hass und Aufruhr zwischen sie, damit sie, die die Liebe verschmäht hatten, als zornige Feinde sich einander nähern möchten. –

Es war zu Sevilla als Juan unteilnehmend einem Stiergefechte beiwohnte. Sein Blick schweifte von dem Amphitheater ab, über die übereinander emporsteigenden Reihen der Zuschauer, und haftete weniger bei der lebenden Menge als den bunten phantastischen Verzierungen und den gestickten Teppichen die die Balustraden bedeckten. Endlich wurde er auf eine einzige noch leere Loge aufmerksam, und er starrte mechanisch dahin, wie wenn hier erst der Vorhang des wahren Schauspiels für ihn sich heben würde. Nach einer langen Pause erschien eine einzelne ganz in schwarze Schleier gehüllte hohe weibliche Gestalt, und hinter ihr ein bildschöner Page, der durch den ausgespannten Sonnenschirm sie vor der Hitze schützte. Sie blieb unbeweglich auf der Tribüne stehen, und ebenso unbeweglich stand ihr Juan gegenüber; es war ihm als wenn das Rätsel seines Lebens hinter diesen Schleiern verborgen wäre, und doch fürchtete er den Augenblick wenn sie fallen würden, wie wenn ein blutiger Banquos Geist sich daraus erheben sollte.

Endlich war der Moment gekommen, und wie eine weiße Lilie blühte eine zauberische weibliche Gestalt aus den Gewändern auf, ihre Wangen schienen ohne Leben, und die kaum gefärbten Lippen waren still geschlossen; so glich sie mehr dem bedeutungsvollen Bilde eines wunderbaren übermenschlichen Wesens, als einem irdischen Weibe.

Juan fühlte zugleich Entsetzen und heiße wilde Liebe, es verwirrte sich tief in ihm, und ein lauter Schrei war die einzige Äußerung die seinem Mund entfuhr. Die Unbekannte blickte rasch und scharf nach ihm hin, warf in demselben Augenblick die Schleier über, und war verschwunden.

Juan eilte ihr nach, und fand sie nicht. Er durchstrich Sevilla – vergeblich; Angst und Liebe trieben ihn fort und wieder zurück, doch aber erschien ihm oft in einzelnen schnell vorüberfliegenden Sekunden der Augenblick, in dem er sie finden würde ebenso entsetzlich als erwünscht; er bemühte sich diese Ahnung nur ein einziges Mal festzuhalten um sie zu begreifen, aber sie rauschte jedes Mal wie ein nächtlicher Traum schnell an ihm vorüber, und wenn er sich besann war es wieder dunkel und alles in seinem Gedächtnis ausgelöscht. –

Dreimal hatte er ganz Spanien durchkreiset, ohne das blasse Antlitz wieder zu treffen, das tödlich und liebend zugleich in sein Leben zu schauen schien; endlich trieb ihn ein unwiderstehliches Heimweh nach Sevilla zurück; und der erste, der ihm dort begegnete, war Ponce.

Beide Brüder schienen voreinander zu erschrecken, denn beide waren einander fremd bis zum Rätsel geworden. Juans Härte war verschwunden und er stand ganz in Flammen wie ein Vulkan, durch dessen tausendjährige Schichten das innere Feuer sich auf einmal Luft machte; aber in seiner Nähe schien es jetzt nur um so gefährlicher. Ponces ehemalige Milde dagegen war zu Sprödigkeit geworden, und er stand kalt neben dem glühenden Bruder da, aller falscher Flitter war von seinem Leben abgefallen, und er glich einem Baum, der seines vergänglichen Frühlingsschmuckes beraubt, die nackten Äste starr und verworren in die Lüfte ausstreckt. – So entzündet derselbe Blitzstrahl einen Wald, dass er tausend Nächte hindurch den Horizont beleuchtet, indes er flüchtig über die Heide hinfährt und nur die spärlichen Blumen versengt, dass sie verdorren und keine Spur zurücklassen.

Kalt höflich bat Ponce Don Juan ihn zu seiner Wohnung zu begleiten, damit er ihm seine Gemahlin vorstellen könne. Juan folgte mechanisch. Es

34

war ebendie Zeit der Siesta; die Brüder traten in einen von dichtem Weinlaub umhüllten Pavillon – da ruhte an einem marmornen Denkstein ebendie blasse Gestalt schlummernd und unbeweglich, neben dem steinernen Genius des Todes, dessen umgestürzte Fackel ihre Brust berührte. Juan stand starr und eingewurzelt, die finstere Ahnung stieg rasch vor seinem Geist auf und verschwand nicht wieder, und wurde furchtbar deutlich, wie das sich plötzlich auflösende Rätsel des Ödipus. Dann verließen ihn die Sinne, und er sank bewusstlos auf den Stein nieder.

Als er wieder erwachte, fand er sich allein, und nur der stumme ernste Jüngling war bei ihm zurückgeblieben. Sturm und Aufruhr im Innern, stürzte er hinaus ins Freie. –

Und alles war um ihn her verwandelt und anders worden; die alte Zeit schien sich wiederzugebären, und das graue Schicksal erwachte aus seinem tiefen Schlafe, und herrschte wieder über Erde und Himmel. Eine Furie verfolgte ihn, wie den Orestes, auf jedem Schritte, und hob oft tückisch das Schlangenhaar, und zeigte ihm ihr schönes Antlitz. –

Ponce musste auf längere Zeit Sevilla verlassen, da schlich Don Juan aus seiner tiefen Verborgenheit hervor, wie ein lichtscheuer Verbrecher. In seiner Seele war alles fest und entschieden, doch floh er seinen eigenen Umgang, um dem dunkeln Gefühle keine Worte zu geben, und sich nicht gegen sich selbst erklären zu müssen. So suchte er, gegen sich geheimnisvoll, Ponces Landgut auf, und trat in Donna Ines Zimmer; sie erkannte ihn rasch, und die weiße Rose blühte zum ersten Male rot und glühend auf, und die Liebe belebte Pygmalions kaltes Wunderbild. Die Abendsonne brannte durch Laub und Blüten, und Ines schob kindlich schuldlos den Wangenpurpur dem Himmelsfeuer zu, das sie anstrahlte: dann ergriff sie bebend die Harfe, und wie Juan ihr Spiel mit der Flöte begleitete, hub das verbotene Gespräch ohne Worte an, und die Töne bekannten und erwiderten Liebe. So blieb's bis Juan kühner wurde, die mystische Hieroglyphe verschmähte, und die schöne geheimnisvolle Sünde in heller Rede offenbarte. Da schwand die Dämmerung vor der Unschuldigen, sie schien erst jetzt wie durch einen feindlichen Fackelglanz alles um sich her zu erkennen, und nannte zum ersten Male schaudernd und erschrocken den Namen »Bruder!«

Die Sonne ging in demselben Augenblicke unter, und das eben noch gefärbte Antlitz war schnell wieder blass wie zuvor.

Juan verstummte; Ines zog die Glocke, und eben jener Page, schön wie der Liebesgott, trat in das Zimmer. – Juan entfernte sich ohne ein Wort zu reden.

Es war schon ganz finster draußen im Walde, er schritt gedankenlos vor sich hin, plötzlich stand Don Ponce dicht vor ihm, rasch zog er den Dolch und führte wild den Stoß, – jetzt kam er zur Besinnung; der Dolch steckte tief in dem Stamm eines Baumes, und nur seine Phantasie hatte den Brudermord begangen.

Ponce kehrte endlich zurück, aber Ines gedachte der Stunde nicht gegen ihn, und verhüllte Liebe und Vergehen tief in ihre Brust. Juan hasste den Tag, und lebte von jetzt an nur in der Nacht, denn was in ihm vorging war lichtscheu und gefährlich. Sobald es finster wurde wandelte er jedes Mal von dem Ort seines Aufenthalts hin zu Ponces Landgut, und blickte nach Ines Fenstern, doch wenn der Morgen wieder graute, entfernte er sich wild und grollend. Einmal sah er Ines und den Pagen beim Lichtscheine, und seine Phantasie schuf ein Märchen, wie Ines ihn, des Jünglings wegen, zurückgesetzt habe, und nur diesem die süßen Stunden der Nacht heimlich weihe; da schwur er in wilder Eifersucht dem schönen Knaben den Tod, und beschloss die erste Gelegenheit zur Ausführung zu ergreifen. – Das Licht in ihrem Zimmer erlosch nicht, er wähnte den Pagen noch immer an ihrer Seite, harrte bebend vor Wut und Liebe bis zur Mitternachtsstunde, dann schlich er, seiner nicht mehr mächtig, ein halb Wahnsinniger, hervor bis zur Tür des Hauses und fand sie nur angelehnt. Mit ungewissen wankenden Schritten ging er vor sich hin, und kam vor Ines Zimmer – ein rascher Druck, und es war geöffnet.

Da lag die Blasse wieder wie an dem Sarkophag, das Nachtgewand war nur leicht um sie her gewunden, und in das Saitenspiel, das sie, noch schlummernd, an die Brust lehnte, schlangen sich braune Lockenkränze. Juans Lippen entfuhr unwillkürlich der Name seines Bruders, da glaubte er plötzlich in der Schlafenden die Furie zu erblicken, die zwischen ihnen beiden aufgestiegen, und die Locken die das schöne Antlitz umwallten, schienen sich in Schlangen zu verwandeln. Dann war sie aber wieder das Weib seiner Liebe, und er sank, außer sich, zu ihren Füßen nieder, und drückte seine heißen Lippen in ihre Brust. Sie taumelte erschrocken empor, erkannte ihn beim Scheine des Nachtlichts, stieß ihn mit heftiger Kraft von sich, und ihr Blick drückte Schauder und Entsetzen aus.

Der einzige Blick zerschmetterte ihn, doch erhob sich schnell sein böser Dämon, und er stürzte fort, bewusstlos, was er tun wollte – ein blutiger Vorsatz lag dunkel vor seiner Seele.

Von dem Geräusch erweckt taumelte der Page schlaftrunken aus einem Zimmer im Vorsaal, er ergriff ihn und sagte rasch: »Deine Gebieterin verlangt nach dir, sie will in die Frühmesse!« Der Page rieb sich die Augen, er blickte ihm nach, und sah noch wie er in Ines Zimmer verschwand. Das Schicksal hatte die Katastrophe tückisch vorbereitet; Don Juan fand des Bruders Schlafgemach, riss ihn aus dem ersten Schlummer, und rief ihm die

Untreue seines Weibes zu. Ponce fuhr rasch auf und wollte Erklärung, aber er zog ihn heftig mit sich fort, und drückte ihm nur auf dem Wege seinen Dolch in die Hand; dann schob er ihn in das Zimmer.

Es war totenstill um Don Juan, er stand furchtbar einsam in der Nacht, und suchte zähneklappernd in dumpfer Angst die eben weggegebene Waffe. Jetzt entstand ein Geräusch, und die Tür flog wie von selbst aus den Angeln.

Da wurde das schreckliche Nachtstück beleuchtet. Der schöne Knabe lag schon im festen Todesschlummer auf dem Boden, und aus Ines Brust floss der purpurrote Strom, und haftete auf dem schneeweißen Schleier wie vorgesteckte Rosen.

Juan stand starr wie eine Bildsäule; Ines blickte ihn fest an, aber die blasse Lippe blieb geschlossen und enthüllte nichts, dann senkte sich der tiefe Schlaf sanft über ihre Augen.

Als sie starb erwachte erst Ponce, und er schien jetzt zum ersten Male zu lieben, weil er die Liebe verlor, und ein liebendes Herz zu fühlen, um es zu durchbohren. Er vermählte sich still wieder mit Ines.

Don Juan stand stumm und wahnsinnig unter den Toten.

Sechste Nachtwache

Was gäbe ich doch darum, so recht zusammenhängend und schlechtweg erzählen zu können, wie andere ehrliche protestantische Dichter und Zeitschriftsteller, die groß und herrlich dabei werden und für ihre goldenen Ideen goldene Realitäten eintauschen. Mir ist's nun einmal nicht gegeben, und die kurze simple Mordgeschichte hat mich Schweiß und Mühe genug gekostet, und sieht doch immer noch kraus und bunt genug aus.

Ich bin leider in den Jugendjahren und gleichsam im Keime schon verdorben, denn wie andere gelehrte Knaben und vielversprechende Jünglinge es sich angelegen sein lassen immer gescheiter und vernünftiger zu werden, habe ich im Gegenteil stets eine besondere Vorliebe für die Tollheit gehabt, und es zu einer absoluten Verworrenheit in mir zu bringen gesucht, eben um, wie unser Herrgott, erst ein gutes und vollständiges Chaos zu vollenden, aus welchem sich nachher gelegentlich, wenn es mir einfiele, eine leidliche Welt zusammenordnen ließe. – Ja es kommt mir zuzeiten in überspannten Augenblicken wohl gar vor, als ob das Menschengeschlecht das Chaos selbst verpfuscht habe, und mit dem Ordnen zu voreilig gewesen sei, weshalb denn auch nichts an seinen gehörigen Platz zu stehen kommen könne, und der Schöpfer baldmöglichst dazu tun müsse, die Welt, wie ein verunglücktes System, auszustreichen und zu vernichten. – Ach, diese fixe Idee ist mir übel genug bekommen, und hätte mich selbst beinahe einmal um

mein Nachtwächteramt gebracht, indem es mir in der letzen Stunde des Sä-
kulums einfiel mit dem Jüngsten Tage vorzuspuken und statt der Zeit die
Ewigkeit auszurufen, worüber viele geistliche und weltliche Herren erschrocken aus ihren Federn fuhren und ganz in Verlegenheit kamen, weil sie so
unerwartet nicht darauf vorbereitet waren.

Drollig genug machte sich die Szene bei diesem falschen Jüngsten Tages
Lärm, wobei ich den einzigen ruhigen Zuschauer abgab, indes alle anderen
mir als leidenschaftliche Akteure dienen mussten. – O man hätte sehen sollen was das für ein Getreibe und Gedränge wurde unter den armen Menschenkindern und wie der Adel ängstlich durcheinanderlief, und sich doch
noch zu rangieren suchte vor seinem Herrgott; eine Menge Justiz – und andere Wölfe wollten aus ihrer Haut fahren und bemühten sich in voller Verzweiflung sich in Schafe zu verwandeln, indem sie hier den in feuriger
Angst umherlaufenden Witwen und Waisen große Pensionen aussetzten,
dort ungerechte Urteile öffentlich kassierten und die geraubten Summen,
wodurch sie die armen Teufel zu Bettlern gemacht hatten, sogleich nach
Ausgang des Jüngsten Tages zurückzuzahlen gelobten. So manche Blutsau-
ger und Vampire denunzierten sich selbst als Hängens und Köpfens würdig
und drangen darauf, dass noch in der Eile hier unten ihr Urteil an ihnen vollzogen würde, um die Strafe von höherer Hand von sich abzuwenden. Der
stolzeste Mann im Staate stand zum ersten Male demütig und fast kriechend
mit der Krone in der Hand und komplimentierte mit einem zerlumpten Kerl
um den Vorrang, weil ihm eine hereinbrechende allgemeine Gleichheit
möglich schien.

Ämter wurden niedergelegt, Ordensbänder und Ehrenzeichen eigenhän-
dig von ihren unwürdigen Besitzern abgelöst; Seelenhirten versprachen fei-
erlich künftighin ihren Herden neben den guten Worten noch obendrein ein
gutes Beispiel in den Kauf zu geben, wenn der Herrgott nur dieses Mal es
noch beim Einsehen bewenden ließe.

O was kann ich's beschreiben wie das Volk vor mir auf der Bühne in-
und durcheinander lief und in der Angst betete und fluchte und jammerte
und heulte; und wie jeglicher Maske auf diesem zusammengeblasenen großen Ball, die Larve von dem Antlitz fiel und man in Bettlerkleidern Könige
und umgekehrt, in Ritterrüstungen Schwächlinge und so fast immer das Gegenteil zwischen Kleid und Mann entdeckte.

Es freute mich, dass sie lange vor übergroßer Angst das Zögern der
himmlischen Kriminaljustiz gar nicht bemerkten, und die ganze Stadt Zeit
hatte, alle ihre Tugenden und Laster aufzudecken und sich gleichsam vor
mir, ihrem letzten Mitbürger, völlig zu entblößen. Das einzige geniale
Stückchen verübte ein satirischer Bube, der schon vorher aus Langeweile

38

entschlossen war in das neuen Säkulum nicht mit hinüberzuwandern, und jetzt in der letzten Stunde des alten sich erschoss, um den Versuch zu machen, ob in diesem Indifferenzmoment zwischen Tod und Auferstehen, das Sterben noch auf einen Augenblick möglich sei, damit er nicht mit der ganzen übergroßen Lebenslangeweile in die Ewigkeit ohne weiteres hinübermüsse.

Außer mir gab es übrigens nur noch eine ruhige Person, und zwar den Stadtpoeten, der aus seinem Dachfenster trotzig in das Michelangelo Gemälde hinabschaute, und auf seiner poetischen Höhe auch das Weltende poetisch nehmen zu wollen schien.

Ein Astronom nahe bei mir merkte endlich an, dass dieser große actus solennis sich doch etwas zu lange verzögere und dass das feurige Schwert im Norden, statt des Gerichtsschwertes auch wohl nur als ein bloßer Nordschein zu nehmen sei. In diesem entscheidenden Moment, da schon einige von den Schächern die Köpfe wieder emporrecken wollten, hielt ich's für nützlich, sie wenigstens während einer kurzen erbaulichen Rede noch in ihrer Zerknirschung festzuhalten zu suchen, und ich hub folgendergestalt an:

»Teuerste Mitbürger!
Ein Astronom kann in diesem Falle nicht als ein kompetenter Richter angesehen werden, indem ein so wichtiges Phänomen, das über uns am Himmel heraufzuziehen scheint, keineswegs wie ein unbedeutender Komet berechnet werden kann, und nur einmal während der ganzen Weltgeschichte erscheint; lasst uns darum unsere feierliche Stimmung nicht so leichtsinnig aufgeben, sondern vielmehr einige für unseren Standpunkt wichtige und zweckmäßige Betrachtungen anstellen.

Was liegt uns wohl am Weltgerichtstag näher als ein Rückblick auf den unter uns wankenden Planeten, der nun mit seinen Paradiesen und Kerkern mit seinen Narrenhäusern und Gelehrten-Republiken zusammenstürzen soll; lasst uns deshalb in dieser letzten Stunde, da wir die Weltgeschichte abschließen wollen, nur kurz und summarisch überschauen, was wir, seit dieser Erdball aus dem Chaos hervorgestiegen, auf ihm getrieben und ausgeführt haben. Es ist seit Adam her eine lange Reihe von Jahren – wenn wir nicht gar die Zeitrechnung der Chinesen als die gültige annehmen wollen – was haben wir aber darin vollbracht? – Ich behaupte: Gar Nichts!

Staunt mich nicht so an; der heutige Tag ist eben nicht dazu eingerichtet sich wichtig zu machen, und es tut Not, dass wir uns über Hals und Kopf noch ein wenig mit der Bescheidenheit zu beschäftigen suchen.

Sagt mir, mit was für einer Miene wollt ihr bei unserem Herrgott erscheinen, ihr meine Brüder, Fürsten, Zinswucherer, Krieger, Mörder, Kapitalisten, Diebe, Staatsbeamten, Juristen, Theologen, Philosophen, Narren und welches Amtes und Gewerbes ihr sein mögt; denn es darf heute keiner in dieser allgemeinen Nationalversammlung ausbleiben, ob ich gleich merke, dass mehrere von euch sich gern auf die Beine machen möchten um Reißaus zu nehmen.

Gebt der Wahrheit die Ehre, was habt ihr vollbracht, das der Mühe wert wäre? Ihr Philosophen z. B. habt ihr bis jetzt etwas Wichtigeres gesagt, als dass ihr nichts zu sagen wüsstet? – das eigentliche und am meisten einleuchtende Resultat aller bisherigen Philosophien! – Ihr Gelehrten, was hat eure Gelehrsamkeit anders bezweckt als eine Zersetzung und Verflüchtigung des menschlichen Geistes um zuletzt mit Muße und einfältiger Wichtigkeit an das übriggebliebene caput mortuum euch zu halten. – Ihr Theologen, die ihr so gern zur göttlichen Hofhaltung gezählt werden möchtet, und indem ihr mit dem Allerhöchsten liebäugelt und fuchsschwänzt, hier unten eine leidliche Mördergrube veranstaltet und die Menschen statt sie zu vereinigen in Sekten auseinander schleudert und den schönen allgemeinen Brüder- und Familienstand als boshafte Hausfreunde auf immer zerrissen habt. – Ihr Juristen, ihr Halbmenschen, die ihr eigentlich mit den Theologen nur eine Person ausmachen solltet, stattdessen euch aber in einer verwünschten Stunde von ihnen trennet um Leiber hinzurichten, wie jene Geister. Ach nur auf dem Rabensteine reicht ihr Brüderseelen vor dem armen Sünder auf dem Gerichtsstuhle euch nur noch die Hände und der geistliche und weltliche Henker erscheinen würdig nebeneinander! –

Was soll ich gar von euch sagen, ihr Staatsmänner, die ihr das Menschengeschlecht auf mechanische Prinzipien reduziertet. Könnt ihr mit euern Maximen vor einer himmlischen Revision bestehen, und wie wollt ihr, da wir jetzt in einen Geisterstaat überzugehen im Begriffe sind, jene ausgeplünderten Menschengestalten placieren, von denen ihr gleichsam nur den abgestreiften Balg, indem ihr den Geist in ihnen ertötetet, zu benutzen wusstet. – O, und was drängt sich mir nicht noch alles auf über die einzeln stehenden Riesen, die Fürsten und Herrscher, die mit Menschen statt mit Münzen bezahlen, und mit dem Tode den schändlichen Sklavenhandel treiben. –

O es hat mich toll und wild gemacht, und wie ich die Erdenbrut jetzt vor mir herum kriechend erblicke mit ihren Verdiensten und Tugenden, so möchte ich nur auf eine Stunde bei diesem allgemeinen Weltgerichte der Teufel sein, bloß um euch eine noch kräftigere Rede zu halten! – Die feierliche Handlung zögert noch immer, wie ich sehe, und es wird euch zur Bekehrung noch Raum gegeben, so betet und heult denn, ihr Heuchler, wie ihr es kurz vor dem Tode zu machen pflegt, wenn ihr euer verpfuschtes Leben nicht besser anzuwenden wisst, und unfähig geworden seid, länger zu sündigen.

Hinter Euch liegt die ganze Weltgeschichte wie ein alberner Roman, in dem es einige wenige leidliche Charaktere, und eine Unzahl erbärmlicher gibt. Ach, euer Herrgott hat es nur in dem einzigen versehen, dass er ihn nicht selbst bearbeitete, sondern es euch überlies daran zu schreiben. Sagt mir, wird er es jetzt wohl der Mühe wert halten, das verpfuschte Ding in eine höhere Sprache zu übersetzen, oder muss er nicht vielmehr, wenn er es in seiner ganzen Seichtigkeit vor sich liegen sieht, es im Ingrimm zerreißen, und euch mit euren ganzen Plänen der Vergessenheit überantworten? Ich seh's nicht anders ein! Denn ihr alle, wie ich euch hier erblicke, könnt ihr wohl mit Recht auf den Himmel oder die Hölle Anspruch machen? Für jenen seid ihr zu schlecht, für diese zu langweilig! –

Die Gerichtsanstalten ziehen sich noch in die Länge, doch rate ich euch werdet nicht etwa beruhigter, rafft euch vielmehr zusammen, um, bis es unter uns kracht, noch einige hübsche Fortschritte in der Zerknirschung gemacht zu haben. Ich will mit den triftigsten Gründen losbrechen: der Herr verschonte einst Sodom und Gomorra um eines einzigen Gerechten willen, doch könntet ihr frech genug sein zu folgern, dass er einiger leidlich Frommen wegen einen ganzen Erdball voll Heuchler bei sich beherbergen werde. Tue jemand unter euch auch nur einen einzigen vernünftigen Vorschlag, wohin man euch placieren soll! Schon der selige Kant hat es euch dargetan, wie Zeit und Raum nur bloße Formen der sinnlichen Anschauung sind; nun wisst ihr aber dass beide in der Geisterwelt nicht mehr vorkommen; jetzt bitte ich euch, die ihr nur allein in der Sinnlichkeit lebt und webt, wie wollt ihr Raum finden, da wo es keinen Raum mehr gibt? – Ja, was wollt ihr gar beginnen, wenn es mit der Zeit zu Ende geht? Selbst auf eure größten Weisen und Dichter angewandt, bleibt die Unsterblichkeit zuletzt doch auch nur ein uneigentlicher Ausdruck, was soll sie für euch arme Teufel bedeuten, die ihr keine andere Handlung ausgeübt habt, als die, mit Waren, und keinen andern Geist kennt, als den Weingeist, durch den eure Poeten ein Analogon von Begeisterung in sich hervorbringen. – Da gebe nur jemand einen leidlichen Rat; ich wenigstens weiß beim Teufel nicht, wo ich mit euch hin soll!«
– Hier bemerkte ich eine Unruhe in der Versammlung vor mir, und hörte auch ganz deutlich, wie einige junge Freigeister, welche jetzt Synonyma mit Geistlosen sind, kecklich behaupteten, dass das Ganze nur ein falscher Lärm gewesen. Der eine aus der Versammlung hatte auch bereits wieder seine Krone aufgesetzt, und der erste Ratsstand, der sich selbst vorhin denunzierte, äußerte erbost: dass es strenge Ahndung verdiene mit einer ganzen re-

spektiven Stadt Komödie zu spielen, und dass man sich an mich als den ersten Lärmstifter halten müsse.

Ich gab jetzt klein bei, und bat nur noch, indem ich mich an den Mann mit der Krone wandte, um einen Augenblick Gehör; worauf ich folgendes bemerkte: »Wie ein solches Gerichtstagansagen, selbst wenn es bloß blinder Lärm, doch von einigem Nutzen sein könne, und es sogar zu wünschen wäre, dass durch physikalische Experimente und einige Zentner Bärlappenmehl [Blitzpulver, Hexenmehl; gelblicher, entzündbarer Samenstaub diente beim Theater zum Blitze machen; Anm. d. Hg.], um von den Anhöhen und Türmen damit herabzublitzen, regelmäßig, von Staats wegen, ein solcher Vorspuk gemacht werden möchte, damit der Mann mit der Krone, der in keinem Falle allwissend, dann und wann dadurch eine allgemeine Staatsrevision veranstalten, und den Staat selbst in puris naturalibus mit allen seinen Gebrechen erblicken könnte, da er ihm sonst nur immer in Gala und täuschend durch die Staatsschneider oder Beschneider, die Günstlinge und Räte ausgeschmückt, vorgeführt würde. Ja, ich trüge selbst darauf an, mir als erstem Erfinder dieses Staatsexperiments ein Patent über meine Erfindung auszufertigen, bloß um die Nebensporteln die an einem solchen pseudojüngsten Tage vorfielen, als z. B. die Segenswünsche der vielen wieder emporgeholfenen armen Teufel, die Flüche der gestürzten Heiligen u. dgl. in meinen Säckel zu ziehen.«

Ja ich wagte zuletzt, durch die Totenstille um mich her kühner gemacht, zu bemerken, »wie ich selbst heute schon eine solche Revision durch meinen Feuerlärm veranstaltet hätte, und es nicht übel geraten sei gleich jetzt an eine mäßige Reparatur zu gehen, und das verschobene Staatsgebäude wieder leidlich durch einige Ämterentsetzungen, Hinrichtungen usw. einzurücken.«

Keiner redete, als ich ausgesprochen, ein Wort, und der Mann schob die Krone auf dem Haupte hin und her, als wenn er mit sich unschlüssig wäre; das endliche Resultat war indes, dass meine Erfindung als unanwendbar verworfen wurde, und ich aus höchster Gnade nur als ein Narr angesehen werden, und für dieses Mal noch mit der Amtsentsetzung gegen mich innegehalten werden solle.

Damit indes ein ähnlicher Lärm nicht wieder für die Folge zu besorgen, so wurden durch eine Kabinettsordre die von Samuel Day erfundenen *watchman's noctuaries* eingeführt, wodurch ich von einem singenden und blasenden Nachtwächter auf einen stummen reduziert wurde [Diese Nachtuhren sind so eingerichtet, dass der Nachtwächter jedes Mal in ein bis dahin verstecktes Loch, das erst bei der bestimmten Stunde hervorrückt, einen Zettel steckt, zum Beleg, dass er regelmäßig umhergegangen ist. Am Morgen schließt dann ein Polizeioffizier die Uhr auf, um zu sehen, ob in jedem einzelnen Loch der Zettel sich vorfindet.], wobei man zum Grunde anführte, dass ich durch mein Blasen und Rufen mich den Nachtdieben verriete, und es deshalb als unzweckmäßig abgeschafft werden müsse. – Die Tagdiebe waren so mit einem Male meiner Aufsicht entzogen, und ich wandle jetzt stumm und traurig durch die öden Straßen, um in jeder Stunde meine Karte in die Nachtuhr zu schieben. O es ist unglaublich, was seitdem der Schlaf befördert ist, und wie so mancher, der bei seinen geheimen Sünden nichts als den Jüngsten Tag fürchtete, seitdem meine Gerichtsposaune zerbrochen ist, ruhig und fest in seinen Kissen liegt.

Siebente Nachtwache

Ich bin einmal auf meine Tollheiten gekommen; nun ist aber mein Leben selbst die ärgste von allen, und ich will diese Nacht, da ich mir doch durch Blasen und Singen die Zeit nicht mehr vertreiben darf, in der Rekapitulation desselben fortfahren.

Ich bin schon oft darangegangen vor dem Spiegel meiner Einbildungskraft sitzend, mich selbst leidlich zu porträtieren, habe aber immer in das verdammte Antlitz hineingeschlagen, wenn ich zuletzt fand, dass es einem Vexiergemälde glich, das von drei verschiedenen Standpunkten betrachtet, eine Grazie, eine Meerkatze und en face den Teufel dazu darstellt. Da bin ich denn über mich verwirrt geworden, und habe als den letzten Grund meines Daseins hypothetisch angenommen, dass ebender Teufel selbst, um dem Himmel einen Possen zu spielen, sich während einer dunkeln Nacht in das Bett einer eben kanonisierten Heiligen geschlichen, und da mich gleichsam als eine lex cruciata für unseren Herrgott niedergeschrieben habe, bei der er sich am Weltgerichtstag den Kopf zerbrechen solle.

Dieser verdammte Widerspruch in mir geht so weit, dass z. B. der Papst selbst beim Beten nicht andächtiger sein kann, als ich beim Blasphemieren, da ich hingegen, wenn ich recht gute erbauliche Werke durchlese, mich der boshaftesten Gedanken dabei durchaus nicht erwehren kann. Wenn andere verständige und gefühlvolle Leute in die Natur hinauswandern, um sich dort poetische Stifts- und Taborshütten zu errichten, so trage ich vielmehr dauerhafte und auserlesene Baumaterialien zu einem allgemeinen Narrenhaus zusammen, worin ich Prosaisten und Dichter beieinander einsperren möchte. Ein paar Male jagte man mich aus Kirchen weil ich dort lachte, und ebenso oft aus Freudenhäusern, weil ich drin beten wollte.

Eins ist nur möglich; entweder stehen die Menschen verkehrt, oder ich. Wenn die Stimmenmehrheit hier entscheiden soll, so bin ich rein verloren. – Dem sei wie ihm wolle, und meine Physiognomie falle hässlich oder schön aus, ich will ein Stündchen treulich daran kopieren. Schmeicheln werde ich nicht, denn ich male in der Nacht, wo ich die gleißenden Farben nicht anwenden kann und nur auf starke Schatten und Drucker mich einschränken muss. – Mir gaben zuerst einige poetische Flugblätter einen leidlichen Namen, die ich aus der Werkstätte meines Schuhmachers fliegen ließ; das erste enthielt eine Leichenrede die ich niederschrieb als diesem ein Knäblein geboren wurde, und ich erinnere mich nur noch bloß an den Anfang, der ungefähr so lautete: »Da kleiden sie ihn ein für seinen ersten Sarg, bis der zweite fertig worden, an dem seine Taten und Torheiten eingegraben sind; so wie man Fürstenleichen erst in einen provisorischen Sarg einzulegen pflegt, bis sie dann später den zinnernen in die Gruft hinabtragen, der würdig mit Trophäen und Inschriften verziert ist, und den Leichnam zum zweiten Male einsargen. – Traut auch, ich bitte euch, dem Lebensscheine und den Rosen auf den Wangen des Knaben nicht; das ist die Kunst der Natur, wodurch sie, gleich einem geschickten Arzt, den einbalsamierten Körper eine längere Zeit in einer angenehmen Täuschung erhält; in seinem Innern nagt doch die Verwesung schon, und wolltet ihr es aufdecken, so würdet ihr ebendie Würmer aus ihren Keimen sich entwickeln sehen, die Freude und den Schmerz, die sich schnell durchnagen dass die Leiche in Staub zerfällt. Ach nur da er noch nicht geboren war, lebte er, so wie das Glück allein in der Hoffnung besteht, sobald es aber wirklich wird, sich selbst zerstört. Jetzt steht er nur noch auf dem Paradebett, und die Blumen die ihr auf ihn streut sind Herbstblumen für sein Sterbekleid. In der Ferne rüsten sich auch schon ringsum die Leichenträger, die seine Freuden und ihn selbst hinwegführen wollen, und die Erde bereitet schon seine Gruft für ihn, um ihn zu empfangen. Überall strecken nur der Tod und die Verwesung gierig ihre Arme nach ihm aus, ihn nach und nach zu verzehren, um zuletzt, wenn seine Schmerzen, seine Wonne, seine Erinnerung und sein Staub verweht ist, vom Morden müd' auf seiner leeren Gruft auszuruhen. Seine Asche hat die Natur dann schon längst wieder zu neuen Totenblumen für neue Sterbende verbraucht.« –

Das Übrige von der Rede habe ich vergessen. Sie meinten das Ganze sei nicht übel und nur bloß die Überschrift ein Fehler, indem offenbar statt Geburtstage, Sterbetage stehen müsse; so wurde es dann auch bei vorkommenden Kinderleichen gebraucht. –

Ein debütierender Autor hat mit großen Schwierigkeiten zu kämpfen, da er sich erst überhaupt durch seine Werke bekannt machen muss; hingegen ein schon aufgetretener und einmal applaudierter, bloß durch seinen Namen seine Werke berühmt macht; indem die Menschen es nimmer sich überreden können, dass große Poeten und große Helden ihre Stunden haben, in denen sie schlechtere Werke und schlechtere Handlungen ans Licht fördern als die schlechtesten anderer höchst alltäglicher Erdensöhne. Höhe und Tiefe sind nie ohne einander, auf der Fläche dagegen, ist der Sturz nicht zu befürchten.

Mich verfolgte indes das Glück ordentlicherweise, und ich erhielt fast mehr Reime zusammenzuflicken als Schuhe, sodass wir das alte Hans Sachsische Aushängeschild über unserer Werkstatt wiederherstellen und zwei für den Staat wichtige Künste amalgamieren konnten. Dazu erhielt ich für ein Gedicht fast mehr bezahlt als für einen Schuh, weshalb der alte Meister das lose Handwerk neben dem Brothandwerk ungeneckt einherwandeln und meinen delphischen Dreifuß neben seinem gemeinnützigen stehen ließ.

Als eine vernünftige Anordnung der Vorsehung betrachte ich es übrigens, dass manche Menschen in einen engen erbärmlichen Wirkungskreis und zwischen vier Mauern eingesperrt sind, wo in der dumpfen Kerkerluft ihr Licht nur matt und unschädlich aufflammen kann, sodass man höchstens dabei erkennt, dass man sich in einem Kerker befindet; da es im Gegenteil in der Freiheit wie ein Vulkan auflodern würde, um alles ringsum in Brand zu stecken. – Bei mir fing es wirklich jetzt schon an zu sprühen und zu funkeln, indes konnten nichts weiter als poetische Leuchtkugeln zum Vorschein kommen, um das Terrain zu rekognoszieren, aber keine Bomben um zu zersprengen und zu verheeren. Eine furchtbare Angst ergriff mich oft, wie einen Riesen, den man als Kind in einen niedrigen Raum eingemauert, und der jetzt emporwächst und sich ausdehnen und aufrichten will, ohne es imstande zu sein, und sich nur das Gehirn eindrücken, oder zur verrenkten Missgestalt ineinander drängen kann.

Menschen dieses Schlages, wenn sie emporkämen würden feindselig sich äußern, und als eine Pest, ein Erdbeben oder Gewitter unter das Volk fahren, und ein gutes Stück von dem Planeten aufreiben und zu Pulver verbrennen. Doch sind diese Enakssöhne gewöhnlich gut postiert, und es sind Berge über sie geworfen wie über die Titanen, worunter sie sich nur grimmig schütteln können. Hier verkohlt sich ihr Brennstoff allmählich, und nur selten gelingt's ihnen sich Luft zu machen, und ihr Feuer zornig aus dem Vulkane gen Himmel zu schleudern.

Ich brachte das Volk indes schon durch mein bloßes Feuerwerkern in Aufruhr, und die flüchtige satirische Rede eines Esels über das Thema: warum es überhaupt Esel geben müsse, machte gewaltigen Lärm. Ich hatte bei Gott wenig Arges dabei gedacht, und das Ganze bloß aufs Allgemeine bezogen; aber eine Satire ist wie ein Probierstein, und jedes Metall das daran vorüberstreicht lässt das Zeichen seines Wertes oder Unwertes zurück; so gings auch hier – der *** hatte das Blatt gelesen, und alles genau auf sich passend gefunden; weshalb man mich ohne weiteres in den Turm sperrte, wo ich Muße hatte immer wilder zu werden. Dabei ging's mir übrigens mit meinem Menschenhass wie den Fürsten, die den einzelnen Menschen wohltun, und sie nur in ganzen Heeren würgen.

Endlich ließ man mich los, als die fremde Zahlung aufhörte, denn mein alter Meister war Todes verfahren, und ich stand nun mutterallein da in der Welt, als wäre ich aus einem andern Planeten herabgefallen. Jetzt sah ich's recht, wie der Mensch als Mensch nichts mehr gilt, und kein Eigentum an der Erde hat, als was er sich erkauft oder erkämpft. O wie ergrimmte ich, dass Bettler, Vagabunden und andere arme Teufel, wie ich einer bin, das Faustrecht sich nehmen ließen, und es nur den Fürsten zugestanden, als zu ihren Regalen gehörig, die es nun im Großen ausüben; konnte ich doch wahrlich kein Stückchen Erde finden, um mich darauf niederzulassen, so sehr hatten sie jede Handbreit unter sich zerteilt und zerstückelt, und wollten schlechterdings von dem Naturrecht, als dem einzigen allgemeinen und positiven nichts wissen, sondern hatten in jedem Winkelchen ihr besonderes Recht und ihren besonderen Glauben; in Sparta besangen sie den Dieb, je kunstfertiger er zu stehlen verstand, und nebenan in Athen hingen sie ihn auf.

Zu etwas musste ich indes greifen um nicht zu verhungern, hatten sie doch alles freie Gemeingut der Natur bis auf die Vögel unterm Himmel und die Fische im Wasser an sich gerissen, und wollten mir kein Fruchtkorn zugestehen ohne gute bare Bezahlung. Ich wählte das erste beste Fach, worin ich sie und ihr Treiben besingen konnte, und wurde Rhapsode wie der blinde Homer, der auch als Bänkelsänger umherziehen musste.

Blut lieben sie über die Maßen, und wenn sie es auch nicht selbst vergießen, so mögen sie es doch für ihr Leben überall in Bildern, Gedichten und im Leben selbst gern fließen sehen; in großen Schlachtstücken am liebsten. Ich sang ihnen daher Mordgeschichten und hatte mein Auskommen dabei, ja ich fing an mich zu den nützlichen Mitgliedern im Staat, als zu den Fechtmeistern, Gewehrfabrikanten, Pulvermüllern, Kriegsministern, Ärzten usw., die alle offenbar dem Tod in die Hand arbeiten, zu zählen, und bekam eine gute Meinung von mir, indem ich meine Zuhörer und Schüler abzuhärten, und sie an blutige Auftritte zu gewöhnen mich bemühte.

Endlich aber wurden mir doch die kleineren Mordstücke zuwider, und ich wagte mich an größere – an Seelenmorde durch Kirche und Staat, wofür ich gute Stoffe aus der Geschichte wählte; ließ auch hin und wieder kleine episodische Ergötzlichkeiten von leichteren Morden, als z. B. der Ehre, durch den tückischen guten Ruf, der Liebe, durch kalte herzlose Buben, der Treue, durch falsche Freunde, der Gerechtigkeit, durch Gerichtshöfe, der gesunden Vernunft, durch Zensuredikte usw. mit einfließen. Da aber war es vorbei, und es wurden in Kurzem mehr denn fünfzig Injurienprozesse gegen mich anhängig gemacht. Ich trat auf vor Gericht als mein eigener advocatus diaboli; vor mir saßen an der Tafelrunde ein halb Duzend mit den Gerechtigkeitsmasken vor dem Antlitz, worunter sie ihre eigene Schalksphysiognomie und zweite Hogarthsgesichtshälfte verbargen. Sie verstehen die Kunst des Rubens, wodurch er vermittelst eines einzigen Zuges ein lachendes Gesicht in ein weinendes verwandelte, und wenden sie bei sich selbst an, sobald sie sich auf die Gerichtsstühle niederlassen, damit man diese nicht für arme Sünderstühlchen anzusehen geneigt sein möchte. – Nach einer strengen Verwarnung, die Wahrheit auf die mir vorgelegten Anklagen zu sagen, hub ich so an: »Wohlweise! Ich stehe hier als beschuldigter Injuriant vor Ihnen, und alle corpora delicti sprechen wider mich, worunter ich auch Sie selbst zu zählen fest willens bin, indem man corpora delicti nicht nur als die Gegenstände aus denen man auf ein bestimmtes Verbrechen schließen kann, z. B. Brechstangen, Diebsleitern u. dgl. sondern auch als die Leiber selbst in denen das Verbrechen wohnt, ansehen könnte. Nun aber wäre es nicht übel geraten, dass Sie selbst nicht nur als gute Theoretiker die Verbrechen kennen lernten, sondern sie auch als brave Praktiker auszuüben verständen, wie denn schon manche Dichter sich ernstlich beklagen, dass ihre Rezensenten selbst, nicht einen einzigen Vers zu machen imstande wären, und doch über Verse richten wollten; – und was würden Sie, Wohlweise, zu entgegnen haben, wenn Ihnen, der Analogie gemäß, ein Dieb, Ehebrecher oder irgendein anderer Hundsfott dieses Gelichters, über den Sie richten wollten, eine ähnliche Nuss aufzuknacken gäbe und sie nicht für kompetente Rezensenten in ihrem Fache anerkennen wollte, weil sie in praxi selbst noch gar nichts prästiert.

Die Gesetze scheinen auch in der Tat hierauf hinzudeuten, und eximieren Sie als Gerichtspersonen in manchen Fällen von den Verbrechen, wie Sie denn z. B. ungestraft erwürgen, mit dem Schwerte um sich schlagen, mit Keulen niederhauen, verbrennen, säcken, lebendig begraben und vierteilen und foltern dürfen; – lauter grobe Missetaten, die man keinem andern als nur Ihnen hingehen lässt. Ja auch bei kleineren Vergehen, und namentlich in dem Falle, worin ich mich jetzt als Inquisit hier befinde, sprechen Sie die Gesetze frei, so erlaubt Ihnen die lex 13. § 1. und 2. de iniuriis geradezu diejenigen zu injurieren, die Sie selbst wegen Injurien in Ihrem Gerichtsgarn gefangen halten.

Es ist unglaublich welche Vorteile aus dieser Einrichtung für den Staat fließen könnten; würden nicht z. B. eine Menge Verbrechen mehr zutage gefördert werden können, wenn respektive Gerichtsherren in eigner Person die Lusthäuser besuchten, und die Lust vollzögen, um die Inkulpierten sogleich ohne weiteres zu überführen; wenn sie ebenfalls als Diebe sich unter die Diebe mischten, bloß um ihre Kameraden hängen zu lassen; oder wenn sie selbst den Ehebruch vollzögen, um die etwaigen Ehebrecherinnen und solche die Lust und Liebe zu diesem Verbrechen haben und als schädliche Mitglieder des Staates zu betrachten sind, kennenzulernen.

Guter Himmel, das Wohltätige einer solchen Einrichtung ist so klar, dass ich gar nichts weiter hinzufügen mag, und bloß dieses unmaßgeblichen Vorschlags halber meine Lossprechung verdient hätte.

Ich gehe indes zu meiner Verteidigung selbst über, Wohlweise! Mir ist hier eine iniuria oralis und zwar nach der Unterabteilung β eine *gesungene* Injurie zur Last gelegt. Ich dürfte schon hier einen Grund der Nullität der Anklage finden, indem Sänger offenbar sich zu der Kaste der Dichter zählen, und es diesen letztern, eben weil sie nach der neuern Schule keine Tendenz bezwecken, erlaubt sein müsse in ihrer Begeisterung zu injurieren und blasphemieren soviel sie nur wollten. Ja es dürfte einem Dichter und Sänger schon deshalb dies Verbrechen nicht zugerechnet werden, weil die Begeisterung der Trunkenheit gleichzusetzen ist, die ohne weiteres, wenn der Trunkene sich nicht culpose in diesen Zustand versetzt hat, welches offenbar bei einem Begeisterten nicht anzunehmen ist, indem die Begeisterung eine Gabe der Götter, von der Strafe befreit. – Indes will ich meine Verteidigung noch bündiger formieren, und verweise sie deshalb auf die Schriften unserer vorzüglichsten neueren Rechtslehrer, in denen es bündig dargetan ist, dass die Gerechtigkeit schlechterdings nichts mit der Moralität zu schaffen habe, und dass nur eine die *äußern* Rechte verletzende Handlung als ein Verbrechen V. R. W. [Von Rechts Wegen] imputiert werden könne. Nun aber habe ich nur moralisch injuriert und verwundet, und weise deshalb die Klage vor diesem Gerichtshof als unzulänglich ab, indem ich als moralische Person unter dem foro privilegiato einer anderen Welt stehe.

Ja, da nach *Weber* über Injurien im ersten Abschnitte pag. 29 an denjenigen Personen die auf das Recht auf Ehre Verzicht getan haben, keine Injurie begangen werden kann, so darf ich auch der Analogie gemäß folgern, dass ich Sie, da Sie als Icti und Gerichtspersonen schlechthin von der Moralität sich losgesagt haben, hier an offener Gerichtsstätte mit allen möglichen moralischen Injurien überhäufen darf; ja, wenn ich Sie kalte gefühllose unmoralische, obgleich wohlweise und gerechte Herren zu nennen wage, so ist das vielmehr als eine Apologie als Injurie zu halten, und ich weise schlechthin jede von hier ausgehende gerichtliche Ansprüche als unzulänglich ab.« – Hier hielt ich inne, und alle sechs sahen sich eine Weile an, ohne zu dezidieren; ich wartete ruhig. Hätten sie mir als Strafe das Wippen, das Trillhaus, den spanischen Mantel, Schmäuchen, Riemschneiden oder gar das Aufreißen des Leibes, welches in Japan für sehr ehrenvoll gehalten wird, zuerkannt, mich würde es gefreut haben, gegen die Bosheit, die der erste Rechtsfreund und Vorsitzer verübte, als er den Ausspruch tat, dass mir schlechterdings das Verbrechen nicht zugerechnet werden könnte, indem ich zu den mente captis zu zählen sei und mein Vergehen als die Folge eines partiellen Wahnsinns betrachtet werden müsse, weshalb man mich ohne weiteres an das Tollhaus abzuliefern habe.

Es ist zu arg, ich mag heute nicht weiter rekapitulieren, und will mich schlafen legen.

Achte Nachtwache

Die Dichter sind ein unschädliches Völkchen, mit ihren Träumen und Entzückungen und dem Himmel voll griechischer Götter, den sie in ihrer Phantasie mit sich umhertragen. Bösartig aber werden sie, sobald sie sich erdreisten, ihr Ideal an die Wirklichkeit zu halten, und nun in diese, mit der sie gar nichts zu schaffen haben sollten, zornig hineinschlagen. Sie würden indes unschädlich bleiben, wenn man ihnen nur in der Wirklichkeit ihr freies Plätzchen ungestört einräumen und sie nicht durch das Drängen und Treiben in derselben eben zum Rückblick in sie zwingen wollte. Für den Maßstab ihres Ideals muss alles zu klein ausfallen, denn dieser reicht über die Wolken hinaus, und sie selbst können sein Ende nicht absehen und müssen sich nur an die Sterne als provisorische Grenzpunkte halten, von denen indes wer weiß wie viele bis heute unsichtbar sind und ihr Licht sich noch auf der Reise zu uns herab befindet.

Der Stadtpoet in seinem Dachkämmerchen gehörte auch zu den Idealisten, die man mit Gewalt durch Hunger, Gläubiger, Gerichtsfrohn usw. zu Realisten bekehrt hatte, wie Karl der Große die Heiden mit dem Schwerte in den Fluss trieb, damit sie dort zu Christen getauft würden. Ich hatte mit dem Nachtraben Bekanntschaft gemacht und lief, wenn ich meine Karte als einen Zeitschein in die Nachtuhr geschoben hatte, oft zu ihm hinauf, um seinem Gären und Brausen zuzuschauen, wenn er dort oben als begeisterter Apostel mit der Flamme auf dem Haupt gegen die Menschen zürnte. Sein ganzes Genie konzentrierte sich auf die Vollendung einer Tragödie, worin die großen Geister der Menschheit, deren Körper und bloße äußere Hülle sie gleichsam nur erscheint, die Liebe, der Hass, die Zeit und die Ewigkeit als hohe geheimnisvolle Gestalten auftraten, durch die statt des Chors ein tragischer Hanswurst, eine groteske und furchtbare Maske, hinlief. Der Tragiker hielt das schöne Antlitz des Lebens mit eiserner Faust unverrückt vor seinen großen Hohlspiegel, worin es sich in wilde Züge verzerrte und gleichsam seine Abgründe offenbarte in den Furchen und hässlichen Runzeln, die in die schönen Wangen fielen; so zeichnete er's ab.

Es ist gut, dass es viele nicht begriffen, denn in unserem Lorgnetten-Zeitalter sind die größesten Gegenstände so entrückt worden, dass man sie höchstens nur noch in der Ferne undeutlich durch die Vergrößerungsgläser erkennt; dagegen die kleinen recht gründlich kultiviert werden, weil Kurzsichtige in der Nähe umso schärfer sehen. –

Er hatte das Ganze bereits beendigt, und hoffte dass die Götter die er dabei angerufen, sich ihm diesmal wenigstens als ein goldener Regen offenbaren würden, durch den er seine Gläubiger, den Hunger und die Gerichtsdiener von sich verscheuchen könnte. Heute war der Tag an dem das imprimatur des wichtigsten Zensors, des Verlegers, hatte einlaufen müssen, und mich trieb die Neugierde zu ihm hinauf und die Sehnsucht ihn in dem fröhlichen Gelage der Erdengötter zu erblicken. – Ist es nicht traurig dass die Menschen ihre Freudensäle so fest verschlossen halten und durch Geharnischte [Auf den holländischen Dukaten steht ein geharnischter Mann.] bewachen lassen, vor denen der Bettler, der sie nicht bestechen kann, erschrocken zurückweicht!

Ich stieg keuchend in den hohen Olymp hinauf und öffnete den Eingang; aber statt eines Trauerspiels, das ich nicht erwartet hatte, fand ich ihrer zwei, das rückgehende vom Verleger, und den Tragiker selbst der das zweite aus dem Stegreif zugleich gedichtet und als Protagonist [So hieß der *eine* Akteur, der zu *Thespis* Zeit mit dem Chor die ganze Tragödie ausmachte.] aufgeführt hatte. Da ihm der tragische Dolch gemangelt, hatte er in der Eile, was bei einem improvisierten Drama leicht übersehen werden kann, die Schnur, die dem auf der Retourfuhre begriffenen Manuskript als Reisegurt gedient, dazu auserwählt, und schwebte an ihr als ein gen Himmel fahrender Heiliger, recht leicht und mit abgeworfenem Erdenballast über seinem Werke.

Es war übrigens in der Stube ganz still und fast schauerlich; nur ein paar zahme Mäuse spielten als einzige Haustiere friedlich zu meinen Füßen und pfiffen, entweder aus guter Laune, oder aus Hunger; für das letztere schien beinahe eine dritte zu entscheiden, die sehr eifrig an der Unsterblichkeit des Dichters, seinem retourgegangenen opere posthumo, nagte.

»Armer Teufel, sagte ich zu ihm hinaufblickend, ich weiß nicht ob ich deine Himmelfahrt komisch oder ernsthaft nehmen soll! Drollig bleibt es allerdings, dass du als eine Mozartsche Stimme in ein schlechtes Dorfkonzert mit eingelegt bist, und ebenso natürlich dass du dich daraus weggestohlen; in einem ganzen Lande von Hinkenden wird eine einzige Ausnahme als ein seltsames verschrobenes lusus naturae verlacht, ebenso würde in einem Staat von lauter Dieben die Ehrlichkeit allein mit dem Strange bestraft werden müssen; es kommt alles in der Welt auf die Zusammenstellung und Übereinkunft an, und da nun deine Landsleute nur an ein abscheuliches kreischendes Geschrei statt des Gesanges gewöhnt sind, so mussten sie dich

50

eben deines guten gebildeten Vortrags wegen zu den Nachtwächtern zählen, wie ich denn deshalb auch einer geworden bin. O die Menschen schreiten hübsch vorwärts, und ich hätte wohl Lust meinen Kopf nach einem Jahrtausend nur auf eine Stunde lang in diese alberne Welt zu stecken; ich wette darauf, ich würde sehen, wie sie in den Antikenkabinetten und Museen nur noch das Fratzenhafte abzeichneten und nach einem Ideal der Hässlichkeit strebten, nachdem sie die Schönheit längst als eine zweite französische Poesie für fade erklärt hätten. Den mechanischen Vorlesungen über die Natur wünschte ich auch beizuwohnen, in denen es gelehrt wird, wie man eine Welt mit geringem Aufwand von Kräften vollständig zusammenstellen kann, und die jungen Schüler zu Weltschöpfern ausgebildet werden, da man sie jetzt nur zu Ichsschöpfern anzieht. Guter Gott was müssen nach einem Jahrtausend nicht für Fortschritte in allen Wissenschaften gemacht sein, da wir jetzt bereits so weit sind; man muss dann, Naturreparierer, ebenso häufig wie jetzt Uhrmacher haben; Korrespondenzen mit dem Monde führen, von dem wir heutiges Tages schon Steine heraberhalten; Shakespearesche Stücke in den untersten Klassen als Exerzitien ausarbeiten; die Liebe, die Freundschaft, die Treue, wie jetzt den Hanswurst, schon nicht mehr auf den Theatern dulden; Tollhäuser nur noch für Vernünftige aufbauen; die Ärzte als schädliche Mitglieder des Staates ausreuten, weil sie das Mittel gegen den Tod aufgefunden; und Gewitter und Erdbeben so leicht veranstalten können, wie jetzt Feuerwerke. – Armer schwebender Teufel, wie würde es da mit deiner Unsterblichkeit aussehen, und du hast wohlgetan dass du dich rasch aus dem Staube machtest.« –

Ich wurde aber plötzlich in meiner guten Laune gerührt, so wie ein heftig Lachender zuletzt in Tränen ausbricht, als ich in einen Winkel blickte, wo seine Kindheit gleichsam als die einzige Freude und zugleich als das einzige zurückgebliebene Möbel dem Erblassten stumm und bedeutend gegenübergestellt war; es war ein altes verwittertes Gemälde, auf dem die Farben schon halb verlöscht, so wie dem Aberglauben nach auf den Porträts Verstorbener die Wangenröte verfliegt. Es stellte den Poeten dar, wie er als ein freundlicher lächelnder Knabe an der Brust seiner Mutter spielte; ach das schöne Antlitz war seine erste und einzige Liebe und sie war ihm nur sterbend untreu geworden. Hier in dem Bilde lachte die Kindheit noch um ihn, und er stand in dem Frühlingsgarten voll geschlossener Blumenknospen, nach deren Duft er sich sehnte und die ihm nur als Giftblumen aufbrachen und den Tod gaben. Ich musste mich schaudernd abwenden als ich die Kopie, den lächelnden umlockten Kindskopf, mit dem jetzigen Originale, dem schwebenden Hippokratischen Gesichte, verglich, das schwarz und schrecklich wie ein Medusenhaupt in seine Jugend schaute. Er schien noch in der letzten Minute den letzten Blick auf das Gemälde geworfen zu haben, denn er hing dagegen gekehrt und die Lampe brannte dicht davor wie vor einem Altarblatte. – O die Leidenschaften sind die tückischen Retuschierer, die den blühenden Rafaelskopf der Jugend mit den fortschreitenden Jahren auffrischen und durch immer härtere Züge entstellen und verzerren, bis aus dem Engelshaupt eine Höllenbreughelische Larve geworden ist. –

Der Arbeitstisch des Dichters, dieser Altar des Apoll, war ein Stein, denn alles vorrätige Holz, bis auf den abgelösten Rahmen des Gemäldes, war längst bei seinen nächtlichen Opfern zur Flamme verzehrt. Auf diesem Stein lagen das rückgekehrte Trauerspiel, *Der Mensch* überschrieben, und zugleich der Absagebrief des Poeten an das Leben; dieser lautete so:

»Absagebrief an das Leben

Der Mensch taugt nichts, darum streiche ich ihn aus. Mein Mensch hat keinen Verleger gefunden weder als persona vera noch ficta, für die letzte (meine Tragödie) will kein Buchhändler die Druckkosten herschießen, und um die erste (mich selbst) bekümmert sich gar der Teufel nicht, und sie lassen mich verhungern, wie den Ugolino, in dem größten Hungerturm, der Welt, von dem sie vor meinen Augen den Schlüssel auf immer in das Meer geworfen haben. Ein Glück ist's noch, dass mir so viel Kraft übrig bleibt, die Zinne zu erklimmen und mich hinabzustürzen. Ich danke dafür, in diesem meinem Testamente, dem Buchhändler, der ob er gleich meinem Menschen nicht forthelfen wollte, mir doch wenigstens die Schnur in den Turm hinabwarf, an der ich in die Höhe kommen kann.

Ich denke es ist lustig droben, und eine gute freie Aussicht; besser ist's in alle Wege, selbst wenn ich nichts sehen sollte, als hier unten, denn ich weiß nichts mehr darum; – aber der alte Ugolino tappte, vor Hunger blind geworden, in seinem Turm umher und war sich seiner Blindheit bewusst, und das Leben kämpfte noch gewaltig in ihm, dass er nicht untergehen konnte.

Ach ich habe zwar, wie er, in meinem Kerker auch noch mit holden Knaben getändelt, die ich einsam in der Nacht erzeugte und die um mich her spielten als eine blühende Jugend und goldene helle Träume; in ihnen die ich hinterlassen wollte, schloss ich mich warm an das Leben; – aber sie haben auch sie verstoßen, und die hungrigen Tiere, die sie mit mir einsperrten, haben sie zernagt, dass sie mich nur noch in der Erinnerung umgaukeln.

Mag's sein; die Tür ist fest hinter mir zugeworfen, und das letzte Mal, dass sie sie öffneten, war's nur um den Sarg meines letzten Kindes hereinzutragen; – ich hinterlasse nun nichts, und gehe dir trotzig entgegen, Gott, oder Nichts!« – Dies war die letzte zurückgebliebene Asche von einer Flamme, die in sich selbst ersticken musste. Ich sammelte sie, und so viele Reliquien von dem *Menschen* ich den hungrigen Mäusen noch entreißen konnte, sorgfältig, indem ich mich gewaltsamerweise zum Erben der Hinterlassenschaft einsetzte.

Bringt mich der Himmel unverhofft einmal in eine bessere Lage, so gebe ich das Trauerspiel: *Der Mensch,* so zernagt und unvollständig es auch ist, auf meine Kosten heraus, und verteile die Exemplare gratis unter die Menschen. Für jetzt will ich nur etwas vom Prolog des Hanswurstes mitteilen. Der Poet entschuldigt sich in einer kurzen Vorrede darüber, dass er den Hanswurst in eine Tragödie einzuführen wagte, mit eigenen Worten folgendermaßen:»Die alten Griechen hatten einen Chorus in ihren Trauerspielen angebracht, der durch die allgemeinen Betrachtungen, die er anstellte, den Blick von der einzelnen schrecklichen Handlung abwendete und so die Gemüter besänftigte. Ich denke, es ist mit dem Besänftigen jetzt nicht an der Zeit, und man soll vielmehr heftig erzürnen und aufwiegeln, weil sonst nichts mehr anschlägt, und die Menschheit im Ganzen so schlaff und boshaft geworden ist, dass sie's ordentlicherweise mechanisch betreibt, und ihre heimlichen Sünden aus bloßer Abspannung vollführt. Man soll sie heftig reizen, wie einen asthenischen Kranken, und ich habe deshalb meinen Hanswurst angebracht, um sie recht wild zu machen; denn wie, nach dem Sprichwort, Kinder und Narren die Wahrheit sagen, so befördern sie auch das Furchtbare und Tragische, indem jene es unschuldig hart vortragen, und diese gar darüber spotten und Possen damit treiben. Neuere Ästhetiker werden mir Gerechtigkeit widerfahren lassen.« –

Das, was ich noch von dem Manuskripte mitteilen will, lautete so:

»Prolog des Hanswurstes zu der Tragödie: Der Mensch

Ich trete als Vorredner des Menschen auf. Ein respektives zahlreiches Publikum wird es leichter übersehen, dass ich meiner Hantierung nach ein Narr bin, wenn ich für mich anführe, dass nach Doktor Darwin [siehe dessen Gedicht über die Natur.] eigentlich der Affe, der doch unstreitig noch läppischer ist als ein bloßer Narr, der Vorredner und Prologist des ganzen Menschengeschlechts ist, und dass meine und Ihre Gedanken und Gefühle sich nur bloß mit der Zeit etwas verfeinert und kultiviert haben, obgleich sie ihrem Ursprung gemäß doch immer nur Gedanken und Gefühle bleiben, wie sie in dem Kopfe und Herzen eines Affen entstehen konnten. Doktor Darwin, den ich hier als meinen Stellvertreter und Anwalt anführe, behauptet nämlich, dass der Mensch als Mensch einer Affenart am mittelländischen Meere sein Dasein verdanke, und dass diese bloß dadurch, dass sie sich ihres Daumenmuskels so bedienen lernte, dass Daumen und Fingerspitzen sich berührten, sich allmählich ein verfeinertes Gefühl verschaffte, von diesem in den folgenden Generationen zu Begriffen überging und sich zuletzt zu verständigen Menschen einkleidete, wie wir sie jetzt noch täglich in Hof- und anderen Uniformen einherschreiten sehen. – Das Ganze hat sehr viel für sich; finden wir doch nach Jahrtausenden noch hin und wieder auffallende Annäherungen und Verwandtschaften in dieser Rücksicht, ja ich glaube bemerkt zu haben, dass manche respektive und geschätzte Personen sich ihres Daumenmuskels noch jetzt nicht gehörig bedienen lernten, wie z. B. manche Schriftsteller und Leute die die Feder führen wollen; sollte ich darin nicht irren, so spricht das sehr für Darwin. Auf der anderen Seite finden wir auch manche Gefühle und Geschicklichkeiten in dem Affen, die uns offenbar bei dem salto mortale zum Menschen entfallen sind, so liebt z. B. eine Affenmutter noch heutiges Tages ihre Kinder mehr als manche Fürstenmutter; das einzige, was dies widerlegen könnte, wäre noch, wenn man anführen wollte dass diese sie, eben aus übergroßer Liebe, vernachlässigte, um das zu bezwecken, was jene nur etwas schneller durch das Erdrücken ihrer Jungen erreicht.

Genug, ich bin mit Doktor Darwin einverstanden, und tue den philanthropischen Vorschlag, dass wir unsere jüngeren Brüder, die Affen in allen Weltteilen, höher schätzen lernen, und sie, die jetzt nur unsere Parodisten sind, durch eine gründliche Anweisung, den Daumen und die Fingerspitzen zusammenzubringen, sodass sie mindestens eine Schreibfeder führen können, zu uns heraufziehen mögen. Ist es doch besser mit dem ersten Doktor Darwin die Affen für unsere Vorfahren anzunehmen, als so lange zu zögern, bis ein zweiter gar andere wilde Tiere zu unseren Aszendenten macht, welches er vielleicht durch ebenso gute Wahrscheinlichkeitsgründe belegen könnte, da die meisten Menschen, wenn man ihnen das Unterteil des Gesichts und den Mund, mit dem sie die gleißenden Worte verschwenden, verdeckt, in ihren Physiognomien eine auffallende Geschlechtsähnlichkeit besonders mit Raubvögeln, als z. B. Geiern, Falken usw. erhalten, ja, da auch der alte Adel seine Stammbäume eher zu den Raubtieren, als Affen hinaufführen kann, welches, außer ihrer Vorliebe zur Räuberei im Mittelalter, auch noch aus ihren Wappen erhellet, in denen sie meistenteils Löwen, Tiger, Adler und andere dergleichen wilde Tiere führen. – Das Gesagte mag hinlänglich sein, um meine Person und Maske vor der jetzt aufzuführenden Tragödie: *Der Mensch*, zu rechtfertigen. Ich verspreche einem respektiven Publikum zum Voraus, dass ich spaßhaft sein will bis zum Totlachen, der Dichter mag es noch so ernsthaft und tragisch anlegen. – Was soll es auch überhaupt mit dem Ernste, der Mensch ist eine spaßhafte Bestie von Haus aus, und er agiert bloß auf einer größern Bühne als die Akteure der kleinern in diese große wie in Hamlet eingeschachtelten; mag er's noch so wichtig

54

nehmen wollen, hinter den Kulissen muss er doch Krone, Zepter und Theaterdolch ablegen, und als abgetretener Komödiant in sein dunkles Kämmerchen schleichen, bis es dem Direktor gefällt eine neue Komödie anzusagen. Wollte er sein Ich in puris naturalibus oder auch nur im Nachtkleide und mit der Schlafmütze zeigen, beim Teufel, jedermann würde vor der Seichtigkeit und Nichtsnutzigkeit davonlaufen; so behängt er's aber mit bunten Theaterlappen und nimmt die Masken der Freude und Liebe vor das Gesicht, um interessant zu scheinen, und durch das innen angebrachte Sprachrohr die Stimme zu erhöhen; dann schaut zuletzt das Ich auf die Lappen herab, und bildet sich ein, sie machten's aus, ja, es gibt wohl gar andere noch schlechter gekleidete Ich's, die den zusammengeflickten Popanz bewundern und lobpreisen; denn bei Lichte besehen ist doch die zweite Mandandane [Goethe, Der Triumph der Empfindsamkeit; 1778 in Weimar uraufgeführt] auch eine nur künstlicher zusammengenähte, die eine gorge de Paris vorgesteckt hat, um ein Herz zu fingieren, und eine täuschender gearbeitete Larve vor den Totenkopf hält.

Der Totenkopf fehlt nie hinter der liebäugelnden Larve, und das Leben ist nur das Schellenkleid, das das Nichts umgehängt hat, um damit zu klingeln und es zuletzt grimmig zu zerreißen und von sich zu schleudern. Es ist alles Nichts und würgt sich selbst auf und schlingt sich gierig hinunter, und ebendieses Selbstverschlingen ist die tückische Spiegelfechterei, als gäbe es Etwas, da doch, wenn das Würgen einmal innehalten wollte, ebendas Nichts recht deutlich zur Erscheinung käme, dass sie davor erschrecken müssten; Toren verstehen unter diesem Innehalten die Ewigkeit, es ist aber das eigentliche Nichts und der absolute Tod, da das Leben im Gegenteil nur durch ein fortlaufendes Sterben entsteht.

Wollte man dergleichen ernsthaft nehmen, so möchte es leicht zum Tollhause führen, ich aber nehme es bloß als Hanswurst, und führe dadurch den Prolog bis zur Tragödie hin, in der es der Dichter freilich höher genommen und sogar einen Gott und eine Unsterblichkeit in sie hineinerfunden hat, um seinen Menschen bedeutender zu machen. Ich hoffe indes, das alte Schicksal, unter dem bei den Griechen selbst die Götter standen, darin abzugeben und die handelnden Personen recht toll ineinander zu verwirren, dass sie gar nicht klug aus sich werden, und der Mensch sich zuletzt für Gott selbst halten oder zum Mindesten, wie die Idealisten und die Weltgeschichte, an einer solchen Maske formen soll.

Ich habe mich jetzt so ziemlich angekündigt, und kann das Trauerspiel nun allenfalls selbst auftreten lassen mit seinen drei Einheiten, *der Zeit* – auf die ich streng halten werde, damit der Mensch sich gar nicht etwa in die Ewigkeit verirrt – des *Orts* – der immer im Raume bleiben soll – und der *Handlung* – die ich so viel als möglich beschränken werde, damit der Ödipus, der Mensch, nur bis zur Blindheit, nicht aber in einer zweiten Handlung zur Verklärung fortschreite.

Gegen die Maskeneinführung habe ich mich nicht gesperrt, denn je mehr Masken übereinander, um desto mehr Spaß, sie eine nach der anderen abzuziehen bis zur vorletzten satirischen, der hippokratischen und der letzten verfestigten, die nicht mehr lacht und weint – dem Schädel ohne Schopf und Zopf, mit dem der Tragikomiker am Ende abläuft. – Auch gegen die Verse habe ich nichts einwenden wollen, sie sind nur eine komischere Lüge, so wie der Kothurn nur eine komischere Aufgeblasenheit.

Prologus tritt ab. –«

Neunte Nachtwache

Es freut mich, dass ich in den vielen Dornen meines Lebens doch wenigstens eine blühende volle Rose fand; sie war zwar so von den Stacheln umschlungen, dass ich sie nur mit blutiger Hand und entblättert hervorziehen konnte; doch aber pflückte ich sie, und ihr sterbender Duft tat mir wohl. Diesen einen Wonnemonat unter den übrigen Winter- und Herbstmonden verlebte ich – im Tollhause. –

Die Menschheit organisiert sich gerade nach Art einer Zwiebel und schiebt immer eine Hülse in die andere bis zur kleinsten, worin der Mensch selbst denn ganz winzig steckt. So baut sie in den großen Himmelstempel, an dessen Kuppel die Welten als wunderheilige Hieroglyphen schweben, kleinere Tempel mit kleinern Kuppeln und nachgeäfften Sternen, und in diese wieder noch kleinere Kapellen und Tabernakel, bis sie zuletzt das Allerheiligste ganz en miniature wie in einen Ring eingefasst hat, da es doch ringsum groß und mächtig um Berge und Wälder schwebt, und in der glänzenden Hostie, der Sonne, am Himmel emporgehoben wird, dass die Völker davor niederfallen. In die allgemeine Weltreligion, die die Natur mit tausend Schriftzeichen geoffenbart hat, schachtelt sie wieder kleinere Volks- und Stammreligionen für Juden, Heiden, Türken und Christen; ja die letztern haben auch daran nicht genug, sondern schachteln sich noch von neuem ein. – Ebenso ist es mit dem allgemeinen Irrenhaus, aus dessen Fenstern so viele Köpfe schauen, teils mit partiellem, teils mit totalem Wahnsinn; auch in dieses sind noch kleinere Tollhäuser für besondere Narren hineingebaut. In eins von diesen kleinern brachten sie mich jetzt aus dem großen, vermutlich weil sie dieses für zu stark besetzt hielten. Ich fand es indes hier gerade wie dort; ja fast noch besser, weil die fixe Idee der mit mir eingesperrten Narren meistens eine angenehme war.

Ich kann meine Mitnarren nicht besser darstellen, als wenn ich gerade den Augenblick wähle, wo ich sie dem besuchenden Arzt vorführen musste, was dann und wann geschah, weil mich der Aufseher des Instituts meiner unschädlichen Narrheit halber zum Vize- und Unteraufseher ernannt hatte. Ich tat es das letzte Mal unter folgender Rede:

»Herr Doktor *Öhlmann*, oder Olearius – wie Sie denn ihren Namen vor Dissertationen und Programmen durch eine tote Sprache in die Unsterblichkeit übersetzen – wir laborieren zwar alle mehr oder minder an fixen Ideen; nicht nur einzelne Individuen, sondern ganze Gemeinden und Fakultäten, von denen z. B. viele der letzteren neben dem Vertriebe der Weisheit auch einem bloßen Huthandel obliegen, wodurch sie sogar nicht weise Häupter, bloß vermöge des leichten Aufdrückens eines solchen Hutes aus ihrer Fabrik in weise umzusetzen glauben; ja ihn oft selbst auf einen bloßen Rumpf schlagen und so scheinbar Philosophen bilden, weil die Gesichter der letzteren vor übergroßem Spekulieren sich ohnedies gewöhnlich tief unter die Hutkrempe zu verkriechen pflegen. – Ich habe der vielen Beispiele halber, die sich hier meinem Gedächtnis aufdrängen, den Faden der Periode verloren und reiße ihn lieber ganz ab, um von neuem anzuheben.«

Öhlmann schüttelte hier seinen Doktorhut, wie wenn er daran zweifelte, dass man dem meinigen eine Dublette von diesem erhandelten Exemplare jemals verabfolgen lassen würde.

»Sie schütteln«, fuhr ich fort, »weil mich der Himmel bloß zu einem Narren kreiert hat, und nicht späterhin der Kaiser zum Doktor? Doch beseitigen wir das für jetzt noch und reden von meiner Tollheit und den Mitteln ihr abzuhelfen, lieber zuletzt.

Hier No. 1 ist ein Beleg zur Humanität, der mehr als alle Schriften darüber gilt; ich kann nie an ihm vorübergehen, ohne mich an die größten Helden der Vorzeit, einen Curtius, Coriolan, Regulus und dergleichen zu erinnern. Sein Wahnsinn besteht darin, die Menschheit zu hoch und sich selbst zu niedrig zu veranschlagen; deshalb behält er, im Gegensatze schlechter Poeten, alle Flüssigkeiten bei sich, weil er befürchtet durch ihre Freilassung eine allgemeine Sündflut herbeizuführen. Ich ergrimme oft, wenn ich ihn betrachte, darüber, dass ich sein eingebildetes Vermögen nicht in der Tat besitze – wahrlich ich tät's, ich nähme die Erde als meinen pot de chambre in die Hand, dass alle Doktoren untergingen, und nur ihre Hüte in Menge oben schwämmen. Es ist ein großer Gedanke – der arme Teufel fasst ihn nicht, denn sehen sie nur, wie er da steht und sich quält, und den Atem zurückhält, bloß aus reiner Menschenliebe, und wenn wir ihm jetzt von dieser Seite nicht Luft verschaffen, so ist er des Todes. Mein recipe sind Feuersbrünste, ausgetrocknete Ströme mit stillstehenden Mühlen und vielen Hungrigen und Durstigen an den Ufern. Eine Radikalkur, denke ich, soll die Hölle des Dante abgeben, durch die ich ihn jetzt alle Tage führe, und die er zu verlöschen sich ernstlich vorgesetzt hat. – Seines ursprünglichen Handwerks nach, soll er ein Poet gewesen sein, der seine Flüssigkeiten in keinen Buchladen ableiten konnte.

No. 2 und 3 sind philosophische Gegenfüßler, ein Idealist und ein Realist; jener laboriert an einer gläsernen Brust, und dieser an einem gläsernen Gesäß, weshalb er sein Ich niemals setzt, was jenem eine Kleinigkeit ist, ob er gleich dagegen die moralische Anschauung vermeidet, und darum die Brust sorgfältig bedeckt.

No. 4 sitzt hier bloß deswegen, weil er in der Bildung um ein halbes Jahrhundert zu weit vorausgeschritten ist; es wandeln noch einige von der Art frei herum, die man aber, wie billig, alle auch für toll hält.

No. 5 hielt zu verständige und verständliche Reden, deshalb haben sie ihn hierher geschickt.

No. 6 ist aus der Verrücktheit, den Scherz eines Großen als Ernst zu nehmen, verrückt geworden.

No. 7 hat sein Gehirn versengt, dadurch dass er sich zu hoch in die Poesie verstieg, und No 8 dadurch, dass er bei vernünftigen Tagen es mit der Rührung in seinen Komödien zu übermäßig betrieb, seine Vernunft gänzlich weggeschwemmt. Jener glaubt jetzt als Flamme zu brennen, so wie im Gegenteile dieser als Wasser dahinfließt. Ich habe dann und wann versucht, die widerstreitenden Elemente durch einen gegenseitigen Kampf zu verzehren, aber das Feuer fiel dann so heftig über das Wasser her, dass ich No. 9, der sich für den Weltschöpfer hält, herbeirufen musste, um sie wieder voneinander zu scheiden.

Diese letzte Nummer hält oft höchst wunderliche Selbstgespräche, und Sie können jetzt eben einem zuhören, wenn sie anders Geduld dazu haben.«

Monolog des wahnsinnigen Weltschöpfers

»Es ist ein wunderlich Ding hier in meiner Hand, und wenn ich's von Sekunde zu Sekunde – was sie dort ein Jahrhundert heißen – durch das Vergrößerungsglas betrachte, so hat sich's immer toller auf der Kugel verwirrt, und ich weiß nicht, ob ich darüber lachen oder mich ärgern soll – wenn beides sich nur überhaupt für mich schickte. Das Sonnenstäubchen, das daran herumkriecht, nennt sich Mensch; als ich es geschaffen hatte, sagte ich zwar der Sonderbarkeit wegen es sei gut – übereilt war das freilich, indes ich hatte nun einmal meine gute Laune, und alles Neue ist hier oben in der langen Ewigkeit willkommen, wo es gar keinen Zeitvertreib gibt. – Mit manchem, was ich geschaffen, bin ich freilich noch jetzt zufrieden, so ergötzt mich die bunte Blumenwelt mit den Kindern, die darunter spielen, und die fliegenden Blumen, die Schmetterlinge und Insekten, die sich als leichtsinnige Jugend von ihren Müttern trennten und doch zu ihnen zurückkehren, um ihre Milch zu trinken und an der Mutter Brust zu schlummern und zu sterben. [Irgendein Naturforscher stellt die Hypothese auf, dass die ersten Insekten nur Staubfäden an Pflanzen waren, die sich durch ein Ungefähr von ihnen trennten.] – Aber dies winzige Stäubchen, dem ich einen lebendigen Atem einblies und es Mensch nannte, ärgert mich wohl hin und wieder mit seinem Fünkchen Gottheit, das ich ihm in der Übereilung anschuf, und worüber es verrückt wurde. Ich hätte es gleich einsehen sollen, dass so wenig Gottheit nur zum Bösen führen müsse, denn die arme Kreatur weiß nicht mehr, wohin sie sich wenden soll, und die Ahnung von Gott, die sie in sich herumträgt, macht, dass sie sich immer tiefer verwirrt, ohne jemals damit ins Reine zu kommen. In der einen Sekunde, die sie das goldene Zeitalter nannte, schnitzte sie Figuren lieblich anzuschauen und baute Häuserchen darüber, deren Trümmer man in der anderen Sekunde anstaunte und als die Wohnung der Götter betrachtete. Dann betete sie die Sonne an, die ich ihr zur Erleuchtung anzündete und die, mit meiner Studierlampe verglichen, sich wie das Fünkchen zur Flamme verhält. Zuletzt – und das war das Ärgste – dünkte sich das Stäubchen selbst Gott und baute Systeme auf, worin es sich bewunderte. Beim Teufel! Ich hätte die Puppe ungeschnitzt lassen sollen! – Was soll ich nur mit ihr anfangen? – Hier oben sie in der Ewigkeit mit ihren Possen herumhüpfen lassen? – Das geht bei mir selbst nicht an; denn da sie sich dort unten schon mehr als zu viel langweilt und sich oft vergeblich bemüht in der kurzen Sekunde ihrer Existenz die Zeit sich zu vertreiben, wie müsste sie sich bei mir in der Ewigkeit, vor der ich oft selbst erschrecke, langweilen! Sie ganz und gar zu vernichten tut mir auch leid; denn der Staub träumt doch oft gar so angenehm von der Unsterblichkeit und meint, eben weil er so etwas träume, müsse es ihm werden. – Was soll ich beginnen? Wahrlich hier steht mein Verstand selbst still! Lasse ich die Kreatur sterben und wieder sterben und verwische jedes Mal das Fünkchen Erinnerung an sich selbst, dass es von neuem auferstehe und umherwandle? Das wird mir auf die Länge auch langweilig, denn das Possenspiel, immer und immer wiederholt, muss ermüden! – Am besten ich warte überhaupt mit der Entscheidung bis es mir einfällt einen Jüngsten Tag festzusetzen und mir ein klügerer Gedanke beikommt. –«

»Was das für ein verruchter Wahnsinn ist«, fiel ich ein, als No. 9 innehielt. »Wenn ein vernünftiger Mensch dergleichen vorbrächte, würde man es wahrlich konfiszieren.« –

Öhlmann schüttelte den Kopf und machte einige bedeutende Anmerkungen über Gemütskrankheiten überhaupt.

Der Weltschöpfer, der bei seiner Rede einen Kinderball in der Hand hielt und jetzt mit ihm zu spielen anfing, fuhr nach einer Pause fort.

»Wie die Physiker sich jetzt über die veränderte Temperatur wundern, und neue Systeme darüber aufstellen werden. Ja diese Erschütterung bringt vielleicht Erdbeben und andere Erscheinungen zuwege, und es gibt ein weites Feld für die Teleologen. O das Sonnenstäubchen hat eine erstaunliche Vernunft und bringt selbst in das Willkürlichste und Verworrenste etwas Systematisches; ja es lobt und preiset oft seinen Schöpfer eben deshalb, weil es davon überrascht wurde, dass er ebenso gescheit als es selbst sei. – Dann treibt es sich durcheinander und das Ameisenvolk bildet eine große Zusammenkunft und stellt sich fast an, als ob etwas darin abgehandelt würde. Lege ich jetzt mein Hörrohr an, so vernehme ich wirklich etwas, und es summen von Kanzeln und Kathedern ernsthafte Reden über die weise Einrichtung in der Natur, wenn ich etwa den Ball spiele und dadurch ein paar Dutzend Länder und Städte untergehen und mehrere von den Ameisen zerschmettert werden, die sich ohnehin seitdem sie die Kuhpocken erfunden haben nur zu viel vermehren. O seit einer Sekunde sind sie so klug geworden, dass ich mich hier oben nicht schnäuzen darf, ohne dass sie das Phänomen ernsthaft untersuchen. – Beim Teufel! Da ist es fast ärgerlich Gott zu sein, wenn einen solch ein Volk bekrittelt! – Ich möchte den ganzen Ball zerdrücken!« –

»Sehen Sie nur, Herr Doktor«, – fuhr ich fort, als der Weltschöpfer endete – »wie grimmig der Kerl es auf die Welt angelegt hat; es ist fast gefährlich für uns andere Narren, dass wir den Titanen unter uns dulden müssen, denn er hat ebenso gut sein konsequentes System wie Fichte, und nimmt es im Grunde mit dem Menschen noch geringer als dieser, der ihn nur von Himmel und Hölle abtrennt, dafür aber alles Klassische ringsumher in das kleine Ich, das jeder winzige Knabe ausrufen kann, wie in ein Taschenformat zusammendrängt. Jeder vermag jetzt aus der unbedeutenden Hülse, wie es ihm beliebt, ganze Kosmogonien, Theosophien, Weltgeschichten und dergleichen, samt den dazu gehörigen Bilderchen herauszuziehen. Groß und herrlich ist das allerdings; wenn nur das Format nicht so klein wäre! – Schon Schlegel hat es sehr auf die kleinen Bilderchen abgesehen, und ich muss gestehen, dass mir eine große Iliade in Sedez [Druckbogen mit 16 Seiten; Anm. d. Hg.] herausgegeben, nimmer behagen will – das heißt den ganzen Olymp in eine Nussschale packen, und die Götter und Helden müssen sich entweder zum verjüngten Maßstabe bequemen, oder ohne Gnade das Genick brechen!« –

»Sie sehen mich an, Herr Doktor, und schütteln zum zweiten Male den Kopf! Ja, ja sie haben es getroffen; das alles gehörte zu meiner Tollheit und im vernünftigen Zustande bin ich gerade der entgegengesezten Meinung!« –

»Lassen Sie uns den Weltschöpfer verlassen! –

Hier No. 10 und 11 sind Belege zur Seelenwanderung; der erste bellt als Hund und diente ehemals am Hofe; der zweite hat sich aus einem Staatsbeamten in einen Wolf verwandelt. Man kommt auf eigene Gedanken bei ihnen.

No. 12, 13, 14, 15 und 16 sind Variationen über denselben Gassenhauer, die Liebe.

No. 17 hat sich über seine eigene Nase vertieft. Finden sie das sonderbar? Ich nicht! Vertiefen sich doch oft ganze Fakultäten über einen einzigen Buchstaben, ob sie ihn für ein α oder ω nehmen sollen.

No. 18 ist ein Rechenmeister, der die letzte Zahl finden will.

No. 19 denkt über einen Diebstahl nach, den der Staat an ihm beging; – das darf er aber nur im Tollhause.

No. 20 ist endlich mein eigenes Narrenkämmerchen. Treten Sie immer herein und schauen Sie sich um, sind wir doch vor Gott alle gleich und laborieren bloß an verschiedenen fixen Ideen, wonicht an einem totalen Wahnsinn bloß mit kleinen Nuancen. – Das dort ist ein Sokrates Kopf, dem Sie die Weisheit, so wie jenem Skaramuz die Narrheit, an der Nase ansehen. Dies Manuskript enthält eigenhändige Parallelen von mir über beide, und ist zu Gunsten des Narren ausgefallen. – Nicht wahr der Fleck müsste kuriert werden? Es ist überhaupt die verstockteste Seite an mir, dass ich alles Vernünftige abgeschmackt, so wie vice versa finde – ich kann mich der Grille gar nicht erwehren!

Oft zwar habe ich es versucht, die Weisheit mit den Haaren an mich zu reißen, und habe deshalb privatim mit allen drei Brotfakultäten Umgang gepflogen, um mich demnächst öffentlich, nach einem kurzen akademischen Musenbeilager, als eine heilige Dreizahl zum Besten der Menschheit einsegnen zu lassen, und mit den drei übereinander gestülpten Doktorhüten einherzuschreiten. Oh, dachte ich bei mir selbst, könntest du dann nicht bloß durch leichten unbemerkbaren Hutwechsel als ein Proteus in praktischer und theoretischer Hinsicht umherwandeln! Über die kürzeste Heilungsmethode der Krankheiten in Dissertationen verkehren, und den Kranken selbst auf dem kürzesten Weg von seinem Übel entbinden! Den Sterbenden, nach rasch vertauschtem Hute, als Rechtsfreund umarmen und sein Haus bestellen, und endlich bloß durch übergeworfenen Mantel als Himmelsfreund ihm den rechten Weg zum Himmel zeigen. Wie in einer Fabrik durch verschiedene Maschinen, ließe sich auf diese Weise durch verschiedene Hüte ein Höchstes und Letztes erreichen. Und welch ein Überfluss an Weisheit und Geld – eine erwünschte Kombination der beiden entgegengesetztesten Güter, eine höchste Idealisierung der Zentaurennatur im Menschen, wo das wohlgesättigte Tier unten, den höhern Reiter keck einherstolzieren lässt. –

Doch ich fand bei näherer Ansicht alles eitel, und erkannte in aller dieser gepriesenen Weisheit zuletzt nichts anderes als die Decke, die über das Mosesantlitz des Lebens gehängt ist, damit es Gott nicht schaue.

Sie sehen, wohin das führt, und es ist eben meine fixe Idee, dass ich mich selbst für vernünftiger halte als die in Systemen deduzierte Vernunft und für weiser als die dozierte Weisheit.

Ich möchte wahrlich mit Ihnen zu einer medizinischen Beratschlagung mich verbinden, bloß um zu überlegen, wie dieser meiner Narrheit beizukommen sei, und welche Mittel man dagegen anwenden könnte. Die Sache ist von Wichtigkeit, denn sagen Sie, wie kann man gegen Krankheiten sich auflehnen wollen, wenn man selbst, wie Sie wissen, mit dem System nicht im Reinen ist, ja wohl gar das für Krankheit hält, was höhere Gesundheit ist, und umgekehrt.

Ja, wer entscheidet es zuletzt, ob wir Narren hier in dem Irrhause meisterhafter irren, oder die Fakultisten in den Hörsälen? Ob vielleicht nicht gar Irrtum Wahrheit; Narrheit Weisheit; Tod Leben ist – wie man vernünftigerweise es dermalen gerade im Gegenteile nimmt! – Oh, ich bin inkurabel, das sehe ich selbst ein.«

Der Doktor Öhlmann verordnete mir nach einigem Nachsinnen viele Bewegung und wenig oder gar kein Denken, weil er meinte, dass mein Wahnsinn, gerade wie bei anderen eine Indigestion durch zu häufigen physischen Genuss, durch übertriebene intellektuelle Schwelgerei entstanden sei. – Ich ließ ihn gehen! – Für meinen Wonnemonat im Tollhause spare ich ein anderes Nachtstück auf.

Zehnte Nachtwache

Das ist eine wunderliche Nacht; der Mondschein in den gotischen Bogen des Domes erscheint und verschwindet wie Geister – an der Laterne des Turmes klettert ein Nachtwandler herum, mit einem Säugling im Arm, es ist der Glöckner; sein Weib schaut aus der Luke, händeringend, aber stumm wie das Grab, dass der schlafende Wanderer, der sicher, wie der sorglose Mensch, die gefährlichsten Stellen zurücklegt, nicht beim Rufe seines Namens erwachend und schwindelnd mit dem Knaben in das tiefe Grab hinunterstürze. – Gegenüber in der Vorstadt bricht ein Dieb in einen Palast; aber es ist mein Revier nicht, und ich bin zum Stummsein verdammt; so mag er einbrechen! – Ganz in der Ferne ist leise kaum vernehmbare Musik, wie wenn Mücken summen, oder *Koch* [reisender Virtuose; Anm. d. Hg.] zur Nacht auf der Mundharmonika phantasiert; und oben am Horizont auf dem Eisspiegel der Wiese drehen sich leicht und luftig Schlittschuhläufer, und tanzen den Baseler Totentanz zu der Trauermusik. –

Alles ist kalt und starr und rau, und von dem Naturtorso sind die Glieder abgefallen, und er streckt nur noch seine versteinerten Stümpfe ohne die Kränze von Blüten und Blättern gegen den Himmel. Die Nacht ist still und fast schrecklich, und der kalte Tod steht in ihr, wie ein unsichtbarer Geist, der das überwundene Leben festhält. Dann und wann stürzt ein erfrorener Rabe von dem Kirchendach, und ein Bettler ohne Dach und Fach kämpft mit dem Schlummer, der ihn so süß und lockend, in die Arme des Todes legen will, wie den leichtsinnigen Fischer die Nixe mit Gesang in die Wellen einlädt. – Soll ich den Tod betrügen um das Bettlerleben? Beim Teufel, ich weiß es ja nicht, was besser ist – Sein oder Nichtsein! – O die dort mit dem nachgeahmten Süden in ihren Schlafkammern und dem gemalten Frühling an den Wänden, wenn draußen der wirkliche erstarrt ist, werfen die Frage nicht auf, und sie bereiten sich selbst die Natur, wie ein leckeres Gericht auf ihren Tafeln, zu und genießen sie gern nippend und in unterbrochenen Pausen, damit sie im Geschmack bleiben. Aber dieser Vogelfreie ruht der alten Mutter noch unmittelbar an der Brust, die eigensinnig und launisch, wie jede Alte, bald ihre Kinder erwärmt und bald sie erdrückt. – Doch nein, du Mutter bist ewig treu und unveränderlich, und bietest den Kindern Früchte in dem grünen Laube, das sie beschattet, und Flammen und die Erinnerung an dich, wenn du schlummerst; aber die Brüder haben den Joseph verstoßen und verschließen tückisch die Gaben, die du ihm wie den anderen Kindern reichst. – O die Brüder sind es nicht wert, dass Joseph unter ihnen wandle! – Er mag entschlummern!

Da ist das Gesicht schon starr und kalt, und der Schlaf hat die Bildsäule seinem Bruder in die Arme gelegt; ich will sie hier aufrichten, dass sie wie ein Schreckbild, wenn die Sonne aufgeht, in den Tag schaue. – O mörderischer Tod, der Bettler hatte noch eine Erinnerung an das Leben und die Liebe – die braune Locke seines Weibes hier unter den Lumpen auf der Brust; du hättest ihn nicht würgen sollen, – und doch –

Der Traum der Liebe

Die Liebe ist nicht schön – es ist nur der Traum der Liebe der entzückt. Höre mein Gebet, ernster Jüngling! Siehst du an meiner Brust die Geliebte, o so brich sie schnell die Rose, und wirf den weißen Schleier über das blühende Gesicht. Die weiße Rose des Todes ist schöner als ihre Schwester, denn sie erinnert an das Leben und macht es wünschenswert und teuer. Über dem Grabhügel der Geliebten schwebt ihre Gestalt ewig jugendlich und bekränzt und nimmer entstellt die Wirklichkeit ihre Züge, und berührt sie nicht, dass sie erkalte und die Umarmung sich ende. Entführe sie schnell die Geliebte, Jüngling, denn die Entflohene kehrt wieder in meinen Träumen und Gesängen, sie windet den Kranz meiner Lieder und entschwebt in meinen Tönen zum Himmel. Nur die Lebende stirbt, die Tote bleibt bei mir, und ewig ist unsre Liebe und unsre Umarmung! –

Horch! – Tanzmusik und Totengesang – das schüttelt lustig seine Schellen! Rüstig, immer zu; wer den andern übertäubt, führt die Braut heim. Schade nur, ich sehe zwei Bräute, eine weiße und eine rote – zwei Hochzeiten, zu der einen im unteren Stockwerk heulen die Klageweiber ihre Weise; einen Stock höher pfeifen und geigen die Musikanten, und die Decke über dem Totenkämmerlein und dem Sarge bebt und dröhnt vom Tanze.

Erklärt mir doch den nächtlichen Spuk!

Lenore reitet vorüber – die weiße Braut hier in der stillen Hochzeitskammer, liebte den Jüngling der droben walzt; und, das ist Lebensweise, sie liebte, er vergaß, sie erblasste, und er entglühte für eine rote Rose, die er heute heimführt, indem man diese wegträgt. –

Das ist die alte Mutter der weißen Braut, am Sarge – sie weint nicht; denn sie ist blind – auch die weiße weint nicht und schlummert und träumt sehr süß. –

Da stürmt der Hochzeitszug noch tanzend die Stiegen herab – und der Jüngling steht zwischen zwei Bräuten. Er erblasst doch ein wenig. Still! Die blinde Mutter erkennt ihn am Gange. – Sie führt ihn zum Brautbette der schlummernden Braut.

»Sie hat sich früher niedergelegt zur Hochzeitsnacht, als du, erweck sie nicht, sie schläft so süß, aber deiner hat sie gedacht bis zum Schlummer. Das ist dein Bild auf ihrem Herzen. – O zieh die Hand nicht so erschrocken zurück von der kalten Brust; die Nacht ist die längste, wo der Frost am bittersten ist, und sie liegt einsam im Brautbett, ohne den Bräutigam!« –

Sieh! Da hat der Schrecken die rote Rose auch erblasst, und der Jüngling steht zwischen den zwei weißen Bräuten. – Fort, fort, das ist Weltlauf. Oh, wenn ich doch blasen und singen dürfte.

Jetzt schwebt die Leiche hin durch die Gassen, und der Laternenschein still hinterdrein an den Wänden, wie wenn der vorüberwandelnde Tod sich dem schlummernden Leben nicht verraten wollte. Der gefrorene Boden knirscht unter den Fußtritten der Leichenträger – das ist der heimliche tückische Brautgesang! – Und sie bergen sie in ihr Kämmerlein. – Aber nahe dabei singen und brausen noch Jünglinge und verschwenden das Leben und die Liebe und die Poesie in einem kurzen raschen Rausche, der am Morgen verflogen ist – wo ihre Taten, ihre Träume, ihre Hoffnungen, ihre Wünsche und alles um sie her nüchtern geworden und erkaltet ist. –

Im Nonnenkloster der heiligen Ursula war noch spät in der Nacht ein unruhiges Treiben. Die Glocke schlug dann und wann leise und dumpf an, wie wenn man träumend Stürmen hört, und an den Kirchenfenstern, deren Bogen über die Mauer herabschauten, flog oft ein ungewöhnlicher aber schnell wieder verlöschender Lichtglanz auf. Ich ging einsam um die Mauer herum, die wie ein geweihter Zauberkreis die heiligen Jungfrauen umschließt. – Plötzlich stieß ich auf jemand im Mantel – was ich von ihm erfuhr, gehört in die folgende Winternacht; was ich tat, noch in diese. –

Der Pförtner an der äußern Mauer war ein alter tiefsinniger Menschenhasser, der mir herzlich zugetan war, als einem Gegenstande, den er mit seinem Zorn nach Belieben überschütten konnte. Ich besuchte ihn oft zur Nacht, um seiner Galle Luft zu machen; auch jetzt ging ich zu ihm. Er saß in seiner Hütte bei einer Lampe, in der Gesellschaft eines schwarzen Vogels, dem er eine Kappe über den Kopf gezogen hatte, und mit ihm in Unterredung war.

»Kennst du das Wesen«, sprach der Pförtner, »dessen Antlitz tückisch lacht, wenn die vorgehaltene Larve Tränen vergießt, das Gott nennt, wenn es den Teufel denkt, das im Inneren, wie der Apfel am Toten Meer, giftigen Staub enthält, indes die Schale blühend rot zum Genuss einlädt, das durch das künstlich gewundene Sprachrohr melodische Töne von sich gibt, indem es Aufruhr hineinruft, das wie die Sphinx nur freundlich lächelt, um zu zerreißen, und wie die Schlange bloß deshalb so innig umarmt, um den tödlichen Stachel in die Brust zu drücken? – Wer ist das Wesen, Schwarzer?«

»Mensch!« krächzte das Tier auf eine unangenehme Weise.

»Der Schwarze spricht weiter kein Wort«, sagte der Pförtner, »aber er beantwortet deshalb doch jede meiner Fragen auf das Treffendste. – Geh schlafen, Schwarzer!«

Der Vogel rief noch dreimal Mensch aus und setzte sich dann, wie wenn er tiefsinnig nachdächte in eine finstere Ecke – er schlummerte aber nur.

»Sie spielen Begrabens im Kloster«, fuhr der Alte fort, »willst du nicht zuschauen? Eine keusche Urselinerin ist heute Mutter geworden; – in der Legende wär's freilich als ein Wunder aufgezeichnet; aber, so sehr haben sie Gott in die Karten geschaut, dass sie heutiges Tages an keine Wunder mehr glauben. Die heilige Jungfrau wird diese Nacht lebendig eingescharrt. – Ich lasse dich ein; sieh's zum Zeitvertreibe an!« –

Er nahm die Schlüssel, die Angeln pfiffen, und ich ging über Gräber durch den Kreuzgang. Fackelglanz flog oft rasch über die Monumente, auf denen steinerne Jungfrauen betend schlummerten, mit künstlich abgeformten Gesichtern, indes drunten die Originale schon die Masken abgeworfen hatten. –

Ich stellte mich hinter einen Pfeiler, drunten war eine offene gemauerte Gruft – ein einsames Entkleidungskämmerchen für den abgehenden Menschen – im Kämmerchen brannte eine blasse Totenlampe und auf einem hervorragenden Steine befand sich ein Brot, ein Krug Wasser, ein Kruzifix und ein Gebetbuch. In der über die Gruft gebauten Kirche herrschte tiefe Stille unter den Heiligen, die von den Wänden herabschauten, nur wenn dann und wann ein Windstoß durch das Orgelwerk fuhr, heulte eine Pfeife unangenehm.

Der Zug ward endlich durch die Säulen sichtbar: viele schweigende Jungfrauen und in der Mitte die wandelnde Braut des Todes. Der ganze Akt hätte für einen poetisch weichlich gestimmten Zuschauer etwas Schaudererregendes, eben durch die fast mechanisch schreckliche Weise auf die er vollzogen wurde, gehabt, so wie denn die tragische Muse, je weniger Händeringens sie macht, umso mehr erschüttert. Mein Gemüt indes, (das einem mit Vorsatz widersinnig gestimmten Saitenspiele gleicht, auf dem daher niemals in einer reinen Tonart gespielt werden kann, wenn nicht anders der Teufel einmal ein Konzert darauf ankündigt) wurde wenig ergriffen, und es kam im Grunde nichts weiter als ein toller Lauf durch die Skala zuwege, der ungefähr durch die folgenden Töne ging und in einer Disharmonie stehen blieb:

Lauf durch die Skala

»Das Leben läuft an dem Menschen vorüber, aber so flüchtig dass er es vergeblich anruft, ihm einen Augenblick Stand zu halten, um sich mit ihm zu besprechen, was es will, und warum es ihn anschaut. Da fliehen die Masken vorüber, die Empfindungen, eine verzerrter als die andere. Freude steh mir Rede – ruft der Mensch – weshalb du mir zulächelst! Die Larve lächelt und entflieht. Schmerz, lass dir fest ins Auge schauen, warum erscheinst du mir! Auch er ist schon vorüber. – Zorn, warum blickst du mich an – ich frage es, und du bist verschwunden. – Und die Larven drehen sich im tollen raschen Tanze um mich her – um mich, der ich Mensch heiße – und ich taumle mitten im Kreis umher, schwindelnd von dem Anblick und mich vergeblich bemühend, eine der Masken zu umarmen und ihr die Larve vom wahren Antlitz wegzureißen; aber sie tanzen und tanzen nur – und ich – was soll ich denn im Kreise? Wer bin ich denn, wenn die Larven verschwinden sollten? Gebt mir einen Spiegel ihr Fastnachtsspieler, dass ich mich selbst einmal erblicke – es wird mir überdrüssig nur immer eure wechselnden Gesichter anzuschauen. Ihr schüttelt – wie? steht kein *Ich* im Spiegel wenn ich davortrete – bin ich nur der Gedanke eines Gedankens, der Traum eines Traumes – könnt ihr mir nicht zu meinem Leibe verhelfen, und schüttelt ihr nur immer eure Schellen, wenn ich denke es sind die meinigen? – – – Hu! Das ist ja schrecklich einsam hier im Ich, wenn ich euch zuhalte, ihr Masken, und ich mich selbst anschauen will – alles verhallender Schall ohne den verschwundenen Ton – nirgends Gegenstand, und ich sehe doch – – das ist wohl das

Nichts, das ich sehe! – Weg, weg vom Ich – tanzt nur wieder fort, ihr Larven!«

Jetzt steigt die Nonne in die Gruft hinab. O endet doch das Spiel dass ich's erfahre ob's eigentlich auf Scherz oder auf Ernst hinausläuft. Folgt doch noch auf dem letzten Wege der Braut des Todes eine Maske – es ist der Wahnsinn. Die Larve lächelt heimlich – ob dahinter das wahre Antlitz schaudert oder verzückt ist – wer sagt es mir?

Zwar mauern sie, der Braut zur Gesellschaft, eine Schlange ein – den Hunger – die sich ihr bald um die Brust schlingen und bis zum Ich fortnagen wird. Wenn dann die letzte Maske auch verschwindet, und das Ich mit sich allein ist – wird es sich wohl die Zeit vertreiben? –

Nun klopfen die Hämmer der Freimaurer dumpf durch das Gewölbe, und ein Stein nach dem andern fügt sich in das Gewölbe der Gruft. Jetzt erblicke ich nur noch durch eine kleine Lücke beim Lampenschein das heimliche Lächeln der Begrabenen – jetzt bloß ein wenig sich durchstehlenden Schimmer – nun ist alles verdeckt, und die lebenden Toten singen zur guten Nacht ein ernstes miserere über dem Haupte der Begrabenen. –

Den Pförtner fand ich, als ich zurückkehrte, wie gewöhnlich mit seiner alten finstern Maske beisammen. – »Hassest du jetzt die Menschen?« fragte er.

»Ich bin fast mit mir allein«, sagte ich, »und hasse oder liebe ebenso wenig als möglich! Ich versuche zu denken, dass ich nichts denke, und da bringe ich's zuletzt wohl so weit auf mich selbst zu kommen!« –

»Nimm den Wurm mit«, fuhr der Alte fort und hob die Decke über einem schlummernden Kinde, »ich mag ihn nicht bei mir behalten, denn ich habe noch Anfälle von Menschenliebe, wo ich ihn leicht im Wahnsinn ersticken könnte!«

Ich nahm den Knaben in die Arme, und das noch träumende Leben versöhnte mich wieder mit dem erwachten.

»Sie haben mir das Kind übergeben, es fortzuschaffen«, sprach der Pförtner, »denn sie dulden nichts Männliches unter sich die frommen Jungfrauen, außer in den Gemälden, für die Einbildungskraft; die Mutter des Knaben sahest du eben begraben, such jetzt seinen Vater auf, oder schleudre den Bürger in die Welt, es hat keine Gefahr mit der Menschenbrut, sie geht nicht unter.«

»Ich kenne den Vater!« antwortete ich und ging aus der Hütte. Draußen stand der Unbekannte im Mantel und hielt mich fest. – »Die Braut ist begraben – dies ist dein Sohn!« Mit diesen Worten legte ich ihm den Knaben in die Arme, und er drückte ihn stumm ans Herz.

Elfte Nachtwache

Folgendes ist ein Bruchstück aus der Geschichte des Unbekannten im Mantel. Ich liebe das Selbst – drum mag er selbst reden!

»Was ist denn die Sonne?« fragte ich eines Tages meine Mutter, als sie den Sonnenaufgang von einem Berge beschrieb. »Armer Knabe, du verstehst es nimmer, du bist blind geboren!« antwortete sie gerührt und fuhr sanft mit der Hand über meine Stirn und meine Augen.

Ich glühte – die Beschreibung hatte mich entzückt; zwischen den Menschen und meiner Liebe zu ihnen lag eine Scheidewand – wenn ich die Sonne nur einmal erblicken könnte, glaubte ich, würde sie schwinden und ich mich eines nähern Umgangs mit meiner Mutter erfreuen dürfen. –

Meine Phantasie arbeitete von jetzt an heftig, der sehnsuchtsvolle Geist strebte gewaltsam den Körper zu durchbrechen und in das Licht zu schauen. Dort lag das Land meiner Ahnung, das Italien voll Wunder der Natur und Kunst.

Sie sprachen viel von Nacht und Tag, für mich gab es nur eins, einen ewigen Tag oder eine ewige Nacht – sie meinten es sei die letztere! –

Ich saß in meinem Dunkel, und die wunderbare große Welt ging in meinem Geiste auf, aber die Beleuchtung fehlte, und ich stieg nun an dem Leben herum, wie an einem himmelhohen Felsen, mit verbundenen Augen; ich fühlte die seidene Wange der Blume, trank ihren Duft – aber ich träumte, die Blume selbst sei unendlich schöner als ihr Duft und ihre seidene Wange.

Ein lebhafter wunderbarer Traum ließ mich in einer Nacht das Licht erblicken, und es war es wahrlich; aber als ich erwachte, bemühte ich mich vergeblich den Traum wieder hervorzurufen.

Um diese Zeit stieg die Musik wie ein lieblicher Genius in meinen dunkeln Kerker und schlang um ihre Saiten die zarten Blumenkränze der Poesie. Es war heiliger Boden den ich jetzt betrat – das erste Italien meiner Sehnsucht.

Der Engel, der zwischen den beiden Musen wandelte und sie mir zuführte, war ein Mädchen, die himmlische Madonna hatte ihm ihren irdischen Namen hinterlassen. – *Maria* war mit mir von gleichem Alter, und sie entzückte den blinden Knaben durch ihre Lieder und Töne und rief die Liebe und die Hoffnung aus ihren Träumen auf, dass sie zum ersten Male hell um sich schauten, und als die beiden schönsten Vestalen in das Leben traten.

Marie war eine elternlose Waise, und meine Mutter hatte, als sie sie zu sich nahm, ein feierliches Gelübde geleistet, das Kind dem Himmel zu weihen, wenn ich jemals das Licht erblicken würde. Jetzt sehnte ich mich wieder nach der Sonne, denn sie entführte mir Marie und ihre Gesänge.

Bald darauf hörte ich öfter von einem Arzt reden, von dessen Kunst man sich viel zu meinem Vorteile versprach. – Ich wankte zwischen entgegengesetzten Gefühlen – die Liebe zur Sonne und zu Marie war gleich heftig in meiner Seele. Fast mit Gewalt musste man mich dem Arzt entgegenführen. – Er gebot mir Ruhe – und meine Brust hob sich stürmischer. Ich stand an den Pforten des Lebens, gleichsam um zum zweiten Male geboren zu werden. Jetzt empfand ich einen heftigen Schmerz an meinen Augen; ich schrie auf, denn mein Traum kehrte zu mir zurück – ich sah Licht! – Tausend blitzende Strahlen und Funken – ein rascher Blick in den reichsten Schatz des Lebens.

Die vorige Nacht umgab mich dann wieder. Es war eine Binde um meine Augen gelegt, und ich durfte erst nach und nach in die neue Welt eingehen.

Nichts von den Zwischenräumen – man zeigte mir nur wenige Gegenstände, und kein lebendiges Wesen, außer dem Arzt, nahte sich mir, bis dieser mich endlich für stark genug hielt das Größte zu ertragen.

Er führte mich in die Nacht hinaus, über meinem Haupte in der unermesslichen Ferne brannten die Sternbilder, und ich stand unter den tausend Welten wie ein Trunkener, Gott ahnend, ohne seinen Namen auszusprechen. – Vor mir ragten die alten Ruinen einer vorigen Erde, die Berge, finster und rau in die Nacht empor, ein mattes Wetterleuchten aus wolkenloser Luft spielte um ihre Häupter. Wälder ruhten tief und verhüllt zu ihren Füßen und schüttelten nur leise ihre schwarzen Wipfel. Der Arzt stand ernst und still neben mir – einige Schritte weiter regte es sich wie eine verschleierte Gestalt. – Ich betete! –

Plötzlich veränderte sich die Szene; über die Berge schienen Geister heraufzuziehen, und die Sterne erblassten wie vor Schrecken, und hinter mir deckte sich ein weiter Spiegel auf – das Weltmeer. –

Ich bebte, denn ich glaubte Gott nahe sich.

Und auf die Erde drückten sich die Nebel und verhüllten sie sanft – aber am Himmel zogen die Geister mächtiger heran, und wie die Sterne verlöschten, flogen goldene Rosen über die Berge empor in den blauen Himmel, und ein zauberischer Frühling blühte in der Luft – immer mächtiger und mächtiger – jetzt wogte ein ganzes Meer herüber, und Flamme auf Flamme brannte in die Himmelsfluten.

Da stieg über den Fichtenwald, in tausend Strahlen widerleuchend, wie eine entzündete Welt die ewige Sonne empor!

Ich schlug beide Hände vor die Augen und stürzte zu Boden.

Als ich wieder erwachte, da schwebte der Gott der Erde in den Lüften, und die Braut hatte alle ihre Schleier zerrissen und enthüllte ihre höchsten Reize dem Auge des Gottes. –

Überall war Heiligtum – der Frühling lag wie ein süßer Traum an den Bergen und auf den Fluren – die Sterne des Himmels brannten als Blumen in dem dunkeln Grase, aus tausend Quellen stürzte das Lichtmeer herab in die Schöpfung, und die Farben stiegen darin wie wunderbare Geister auf. Ein All von Liebe und Leben – rote Früchte und blühende Kränze in den Bäumen und duftende Gewinde um Hügel und Berge – in den Trauben brennende Diamanten – die Schmetterlinge als fliegende gaukelnde Blumen in den Lüften – Gesang aus tausend Kehlen, schmetternd, jubelnd, lobpreisend – und das Auge Gottes aus dem unendlichen Weltmeere zurückschauend und aus der Perle im Blumenkelche.

Ich wagte den Ewigen zu denken!

Plötzlich rauschte es hinter mir – neue Schleier fielen von dem Leben – ich schaute rasch zurück und sah – ach zum ersten Male! das weinende Auge der Mutter! – O Nacht, Nacht, kehre zurück! Ich ertrage all das Licht und die Liebe nicht länger!

Zwölfte Nachtwache

Es geht nun einmal höchst unregelmäßig in der Welt zu, deshalb unterbreche ich den Unbekannten im Mantel hier mitten in seiner Erzählung, und es wäre nicht übel zu wünschen, dass mancher große Dichter und Schriftsteller sich selbst zur rechten Zeit unterbrechen möchte, so auch der Tod in der rechten Stunde das Leben großer Männer – Beispiele liegen nahe.

Oft erhebt sich der Mensch wie der Adler zur Sonne und scheint der Erde entrückt, dass alle dem Verklärten in seinem Glanze nachstaunen; – aber der Egoist kehrt plötzlich zurück und, statt den Sonnenstrahl wie Prometheus geraubt zu haben und zur Erde herabzuführen, verbindet er den Umstehenden die Augen, weil er glaubt, es blende sie die Sonne.

Wer kennt den Sonnenadler [vielleicht Napoleon?] nicht, der durch die neuere Geschichte schwebt! –

Was übrigens meinen Unbekannten betrifft, so gebe ich nach romantischem Stoff hungernden Autoren mein Wort, dass sich ein mäßiges Honorar mit seinem Leben erschreiben ließe – sie mögen ihn nur aufsuchen und seine Geschichte beenden lassen. –

In dieser Nacht war großer Lärm. Aus der Haustür eines berühmten Dichters flog eine Perücke und hinterdrein eilte ihr Besitzer, sodass es zweideutig war, ob er dem vorausfliehenden Gute nachsetze oder vielmehr nachgesetzt werde. Ich hielt ihn dieser Zweideutigkeit halber fest und ließ ihn beichten: »Mein Freund!« sagte er, »ich setze der Unsterblichkeit nach und werde von ihr nachgesetzt! Er selbst wird es wissen, wie schwer es ist berühmt zu werden, wie noch unendlich schwerer aber zu leben; man klagt in allen Fächern über Überhäufung, so auch in dem Fache des Berühmt- und Lebendigseins, dazu beschwert man sich über so manche in beiden Fächern angestellte schlechte Subjekte, dass man niemandem mehr auf sein Wort glauben will. Mir besonders hat man große Schwierigkeiten in den Weg gelegt, und ich habe es durchaus zu nichts bringen können. Sage Er selbst, was soll ein Mensch, der nicht schon im Mutterleib eine Krone auf dem Haupte trägt, oder mindestens, wenn er aus dem Eie gekrochen, an den Ästen eines Stammbaums das Klettern lernen kann, in dieser Welt anfangen, wenn er weiter nichts mitbringt, als sein nacktes Ich und gesunde Glieder. Ich kenne nichts Einfältigeres in der Zeit, worin wir einmal leben, und wo die Ämter, die Würden, die Ordensbänder und Sterne schon früher fertig sind, als der, der sie tragen oder bekleiden soll. Möchte ein armer Teufel, der nicht mindestens bei seiner Geburt gleich in einen warmen Rock fahren kann, nicht lieber wünschen als ein Stumpf aus seiner Mutter Leibe hervorzugehen, angestaunt und gespeiset zu werden? Ich denke Er versteht mich, Kamerad!

Ich hab's auf alle Weise versucht mich fortzubringen, aber immer vergeblich; bis ich endlich fand ich habe Kants Nase, Goethes Augen, Lessings Stirn, Schillers Mund und den Hintern mehrerer berühmter Männer; ich machte darauf aufmerksam und fand Eingang, ja man fing an mich zu bewundern. Jetzt trieb ich's weiter, ich schrieb an große Geister um alten abgelegten Trödel, und das Glück wollte mir so wohl, dass ich jetzt in Schuhen einherschreite, in denen einst Kant eigenfüßig ging, am Tage Goethes Hut auf Lessings Perücke setze und abends Schillers Schlafmütze trage, ja ich ging noch weiter, ich lernte weinen wie Kotzebue und niesen wie Tieck, und Er glaubt nicht, welchen Eindruck ich oft dadurch zuwege bringe, die Kreatur wohnt nun einmal im Leibe und hat es mit diesem lieber zu tun als mit dem Geiste; es ist keine Spiegelfechterei, wenn ich Ihm erzähle, dass jemand, vor dem ich einst wie Goethe mit verkehrt gesetztem Hute und in die Rockfalten verborgenen Händen einherwandelte, mir die Versicherung gab, das amüsiere ihn mehr, als Goethens neueste Schriften. – Man zieht mich seitdem an die vornehmsten Tafeln, und ich befinde mich wohl dabei. –

Nur heute fuhr ich übel, denn als ich einen bekannten großen Geist, der öffentlich bedeutend auftritt, in seinen vier Pfählen belauschen wollte, behandelte er mich als einen Dieb, unerachtet das, was ich ihm in der Eile mit den Augen entwandte, nicht eben sehr rühmenswert war.«

Er setzte sich nach diesen Worten Lessings Perücke wieder auf das Haupt und machte dabei noch folgenden Sarkasmus: »Freund, was hat man von dieser Unsterblichkeit, wenn nach dem Tode die Perücke unsterblicher ist, als der Mann der sie trug? – Vom Leben selbst will ich nicht einmal reden, denn während seines Daseins stolziert nur der sterblichste Schlucker unsterblich einher, während man nach dem Genius, wo er sich blicken lässt, mit Fäusten ausschlägt – erinnere Er sich an das Haupt, das vor mir in dieser Perücke steckte! Gute Nacht!« – Ich ließ den Narren laufen. –

Auf dem Gottesacker trieb sich ein junger Mensch herum im Mondenschein, ich konnte ganz nahe an ihn kommen, und er bemerkte mich nicht, weil er beschäftigt war, durch heftiges Gestikulieren und Deklamieren sich in eine mäßige Verzweiflung zu bringen – das Mittel ist probat, und ich kannte wirklich einen Frühprediger, der durch nichts zu Tränen zu bewegen war, außer wenn er sich selbst sehr heftig reden hörte; – es gelang ihm allmählich damit, ja er zog zuletzt eine Pistole und setzte sie sich verschiedene Male an die Stirn, bis er endlich eine solche Höhe erreicht hatte, dass er kühn genug war, sie abzudrücken – sie versagte, und bei der heftigen Bewegung entfiel ihm ein falscher Haarzopf. Da die Sache mir zuletzt doch etwas misslich vorkam, so sprang ich hinzu, überreichte ihm den entfallenen unter einer für die Lage passenden Anrede. Er mochte's noch in der ersten Hitze für einen Dolch halten und brachte einige ernsthafte wiewohl vergebliche Stöße damit zustande.

Ich suchte ihn durch die Bemerkung, dass tragische Situationen durch komische Nuancen, wie z. B. durch einen dem König Lear im Affekt entfallenen Haarbeutel u. dgl. gestört würden, zu sich zu bringen, und es gelang mir insoweit, dass er sich auf den Grabhügel niedersetzte, und sich dazu verstand, den falschen Haarzopf von mir wieder anheften zu lassen. Während des Geschäftes versuchte ich es, ihn durch eine Apologie des Lebens zu bekehren, die er ruhig anhören musste, weil ich ihn bei den Haaren dazu hielt.

Apologie des Lebens

»Bei Gott, das Leben ist doch schön! – Und was vermag Sie nur, junger Mensch, dass sie es leichtfertig wie diesen Haarzopf von sich schleudern wollen? – Fassen Sie das Band; ich will während des Wickelns so kurz als möglich ihnen einige Schönheiten zu entwickeln suchen. –

Was gibt es auf der Erde, das Sie im Himmel – wenn anders außer dem Lufthimmel über uns noch ein zweiter oder gar mehrere existieren sollten – besser erwarten könnten? – Finden Sie nicht hier unten alles leidlich eingerichtet? Wissenschaften, Kultur und Sitten sind im schönsten Flore und wandern recht modern einher; der allgemeine Staat ist, wie Holland, mit Kanälen und Gräben durchschnitten, worin alle menschlichen Fähigkeiten geschickt abgeleitet und verteilt werden, damit nicht zu fürchten steht, dass sie auf einmal in zu großer Vereinigung das Ganze überschwemmen möchten. Es gibt Menschen, die so vorteilhaft placiert sind, dass man sie als recht gu-

72

te Hämmer und Zangen betrachten kann, und die doch deshalb keineswegs an ihrer Unsterblichkeit Abbruch leiden; sehen sie nur diesen Koloss der Menschheit an, wie alles sich an ihm regt und arbeitet und verkehrt, der erste klettert über den zweiten hinauf, und über diesen wieder ein dritter, wie die Äquilibristen, dieser trägt Erfindungen, jener Systeme mit sich in die Höhe, und es kann nicht fehlen, dass dies Menschengeschlecht, das auf seinen eigenen Schultern immer höher kommt oder sich, wie Münchhausen, bei seinem eigenen Zopf emporzieht, zuletzt sich bis in den Himmel verklettert, und es ganz unnötig wird, an einen zweiten zu denken. – Hält der Zopf nur an diesem Menschheitskopfe und ist kein falscher, wie der, an dem ich wickle, was ist es denn noch nötig, auf einem anderen Wege als auf diesem sich in eine höhere Welt zu versetzen.

Was denken Sie auch dort zu gewinnen, Freund? Bessere Gesetze etwa? Für unsere hienieden spricht das Alter! Bessere Sitten? Wir sind darin so emporgestiegen, dass wir fast daraus hinausgekommen und über ihnen stehen! Bessere Verfassungen? Haben sie nicht, wie auf einer Landkarte die verschiedenen Farben, eine Menge vor sich liegen? Gehen Sie nach Frankreich, Freund, wo die Verfassungen mit den Moden wechseln, da können sie alle der Reihe nach anpassen, aus einer Monarchie in die Republik und aus dieser wieder in eine Despotie fahren; sie können dort groß und klein, kurz nacheinander, und zuletzt wieder ganz gewöhnlich sein, was doch immer für die Menschheit am interessantesten bleibt.

Freund, gegen den Menschenhass gibt es treffliche Mittel; ja ich habe das Exempel gehabt, dass ein gutes Gericht mich selbst einst vom Selbstmorde abbrachte, und ich gesättigt ausrief: »Das Leben ist doch schön!« Wie andere den Kopf oder das Herz, so nehme ich den Magen für den Sitz des Lebens an; an allem, was je Großes und Vortreffliches in der Welt geschah, ist meistenteils der Magen Schuld. Der Mensch ist ein verschlingendes Geschöpf, und wirft man ihm nur viel vor, so gibt er in den Verdauungsstunden die vortrefflichsten Sachen von sich und verklärt sich essend und wird unsterblich.

Welche weise Einrichtung des Staats dahero, die Bürger – wie die Hunde, die man zu Künstlern ausbilden will – periodisch hungern zu lassen! Für eine Mahlzeit schlagen die Dichter wie die Nachtigallen, bilden die Philosophen Systeme, richten die Richter, heilen die Ärzte, heulen die Pfaffen, hämmern, klopfen, zimmern, ackern die Arbeiter, und der Staat frisst sich zur höchsten Kultur hinauf. Ja hätte der Schöpfer den Magen vergessen, behaupte ich, so läge die Welt noch so roh da wie bei der Schöpfung und sei jetzt nicht der Rede wert. – Was denken Sie nun aber von jenem Leben, in das Sie diese innere Seele aller Bildung nicht mit hinübernehmen, und wo

Sie nur geistig hineindringen wollen! – Reißen Sie sich nicht los, ich schlinge jetzt erst die Schleife, wodurch ich ihr Haar wieder mit dem Zopfe verbinde! – Freund, der Geist ohne Magen gleicht dem Bären, der träg an seinen eigenen Pfoten saugt. Er ist nur der Schatzmeister dieses in ihm hängenden Säckels, und schneiden Sie ihm diesen ab, so ist's um ihn getan. Gibt es eine Seelenwanderung, woran ich nicht zweifle, und fahren die abgeschiedenen Geister, wie denn das nicht unwahrscheinlich ist, ebenso gut in Blumen und Früchte usw. als in Tiere – wo liegt denn noch anders dieser Verbindungskanal der Geister, als in dem sie verschlingenden Magen, durch ihn steigen sie, nachdem das animalische wieder abgegangen ist, verflüchtigt in den Kopf empor, und es liegt so am Tage, dass wir die größten Weisen, einen Plato, Hemsterhuis, Kant usw. bloß durch behagliches Hineinessen in uns aufnehmen können.

Denken Sie hier an Beispiele: Goethe, der den Hans Sachs, die Romantiker und Griechen in sich vereinigt, ist ein so guter Esser als Dichter und hat wahrscheinlich diese Geister vorweggespeiset; Bonaparte mag den Julius Cäsar zu sich genommen haben, und nur der Geist des Brutus scheint dort noch ungegessen sich irgendwo aufzuhalten. –

Wie ist es möglich, Freund, dass Sie diesem Magen und diesem Leben entsagen, und überhaupt aus dieser künstlichen Maschine, in der Sie tausend Räder drehen und treiben, herausfliegen wollen? Wie viele Bühnen liegen nicht um Sie her, auf denen Sie als Held agieren können! Schlachtfelder, Almanache, Literaturzeitungen, das größere und das kleinere Theater« –

»Ich stehe am Hoftheater« – fiel der junge Mensch ein, indem er eine Danksagungsverbeugung für den wieder angehefteten falschen Zopf machte. – »Die Pistole ist übrigens ungeladen, und ich suchte mich nur hier am Grabe durch mäßiges Rasen in den Charakter eines Selbstmörders zu versetzen, den ich morgen darzustellen habe. Nüchternheit ist das Grab der Kunst! Ich fahre in die Leidenschaften möglichst hinein, wie in Schlachthandschuhe, ich spiele meine Charaktere mit Gefühl und bin wenigstens, wie die größten Meister, auf einen Tag geizig, wenn ich einen Geizigen, oder toll, wenn ich einen Tollen dargestellt habe.

Dahin ging er und ließ mich fast abgeschmackt und lächerlich dastehen. »O falsche Welt!« rief ich grimmig aus, »an der nichts mehr wahrhaft ist, selbst bis auf die Haarzöpfe deiner Bewohner, du leerer abgeschmackter Tummelplatz von Narren und Masken, ist es denn nicht möglich, auf dir zu einiger Begeisterung sich zu erheben!«

Es war mir, wie wenn ich mich jetzt in der Nacht unter dem zugedeckten Mond weit ausdehnte und auf großen schwarzen Schwingen wie der Teufel über dem Erdball schwebte. Ich schüttelte mich und lachte und hätte gern all die Schläfer unter mir mit eins aufgerüttelt und das ganze Geschlecht im Negligee angeschaut, wo es noch keine Schminke, falsche Zähne und Zöpfe und Brüste und Hintern auf- und an- und umgelegt, um den ganzen abgeschmackten Haufen boshaft auszupfeifen.

Dreizehnte Nachtwache

Ich stieg den Berg hinauf am Ausgang der Stadt – es war die Tag- und Nachtgleiche des Frühlings, und draußen lag die alte Fee, die Erde, und kochte ihre mitternächtlichen Zauberkräuter, um am Morgen nach abgeworfenem Silberhaar und ausgeglätteten Runzeln, schön umlockt und bekränzt als eine junge Nymphe aufzustehen, und ihre neugebornen Kinder an dem schwellenden Busen zu tragen. – Unten im Tal blies ein Hirte das Alphorn, und die Töne sprachen so lockend von einem fernen Land und von Liebe und Jugend und Hoffnung; ich dichtete zu ihrer Begleitung folgenden

Dithyrambus über den Frühling.

»Du erscheinst, und erschrocken flieht dein finsterer Bruder, und die Schilde und Panzer, worin er gewaffnet dastand, rasseln durcheinanderstürzend und zerbrechen; und siehe errötend in Morgenglut tritt die junge Erde hervor, wie eine blühende Jungfrau; und du küssest die Geliebte, Jüngling, und schlingst ihr den Brautkranz in die Locken. Da sinkt der letzte Gletscher, und das erstarrte Element wird frei und fließt still dahin zwischen Blumen und überwölkt von grünen Gebüschen, die Berge halten ihre Sennenhütten hoch in die blaue Luft, und an ihren Abhängen kleben die gefleckten Herden. Blumen blühen und träumen Liebe, und die Nachtigall singt sie in den Gesträuchen. Die Bäume schlingen ihre Zweige in duftige Kränze und reichen sie zum Himmel empor; der Adler steigt betend in den Sonnenglanz auf, wie zu Gott, und die Lerche wirbelt ihm nach, jubelnd über der geschmückten Erde. Jeder duftende Kelch wird zu einer Brautkammer, jedes Blatt ist eine kleine Welt, und alles saugt Leben und Liebe an dem heißen Herzen der Mutter! – Nur der Mensch –«

Hier verstummte plötzlich das Alphorn, und der letzte Ton und das letzte Wort verhallten langsam und sterbend.

»Hast du nur bis zu diesem Worte geschrieben, Mutter Natur? Und in wessen Hand überlieferst du die Feder zur Fortsetzung? – Kannst du es nimmer lösen, warum alle deine Geschöpfe träumend glücklich sind, und nur der Mensch wachend dasteht und fragend – ohne Antwort zu erhalten? – Wo liegt der Tempel des Apollo – wo ist die Stimme, die einzig antwortende? Ich höre nichts, als Widerhall, Widerhall meiner eigenen Rede – bin ich denn allein?

Allein! ruft die hämische Stimme. Mutter, Mutter, warum schweigst du? – O du hättest das letzte Wort in der Schöpfung nicht schreiben sollen, wenn du dabei abbrechen wolltest. Ich blättere und blättere in dem großen Buche und finde nichts, als das eine Wort über mich, und dahinter den Gedankenstrich, wie wenn der Dichter den Charakter, den er vollführen wollte, im Sinne behalten und nur den Namen hätte mit einfließen lassen. War der Charakter zu schwierig zur Ausführung, warum strich der Dichter nicht auch den Namen aus, der jetzt allein dasteht, sich anstaunt und nicht weiß, was er aus sich selbst machen soll.

Schlag das Buch zu, Name, bis der Dichter bei Laune ist, die leeren Blätter, vor denen du nur als Titel stehst, vollzuschreiben!« – –

An dem Berge, mitten in das Museum der Natur, hatten sie noch ein kleines für die Kunst gebaut, wohinein jetzt mehrere Kenner uns Dilettanten mit brennenden Fackeln zogen, um bei dem sich bewegenden Lichtscheine die Toten drinnen möglichst lebendig sich einzubilden. Ich habe auch dann und wann meine Kunstlaunen, aus mehr oder minderer Bosheit, und trete oft gern aus der großen Kunstkammer in die kleine, um zu sehen, wie der Mensch, auch ohne den Hauptteil alles Lebens, das Leben selbst einblasen zu können, doch recht artig etwas bildet und schnitzt, wovon er nachher meint, es gehe noch über die Natur.

Ich folgte den Kennern und Dilettanten!

Und vor mir standen die steinernen Götter als Krüppel ohne Arme und Beine, ja einige gar mit fehlenden Häuptern; das Schönste und Herrlichste, wozu die Menschenmaske sich je ausgebildet hatte, der ganze Himmel eines großen gesunkenen Geschlechts, als Leichnam und Torso wieder ausgegraben aus Herkulanum und dem Bette der Tiber. Ein Invalidenhaus unsterblicher Götter und Helden, hineingebaut zwischen eine erbärmliche Menschheit.

Die alten Künstler, die diese Göttertorsos gedacht und gebildet hatten, zogen verhüllt vor meinem Geiste vorüber. –

Jetzt kletterte ein kleiner Dilettant von den Anwesenden an einer medicäischen Venus ohne Arme, mühsam hinauf, mit gespitztem Mund und fast tränend um, wie es schien, ihr den Hintern, als den bekanntlich gelungensten Kunstteil dieser Göttin, zu küssen. Mich ergrimmte es, weil ich in dieser herzlosen Zeit nichts weniger ausstehen kann, als die Fratze der Begeisterung, wozu sich manche Gesichter verziehen können, und ich bestieg erzürnt ein leeres Piedestal, um einige Worte zu verschwenden.

»Junger Kunstbruder! redete ich ihn an. »Der göttliche Hintern liegt Ihnen zu hoch, und Sie kommen bei Ihrer kurzen Gestalt nicht hinauf, ohne sich den Hals zu brechen! Ich rede aus Menschenliebe, denn es tut mir leid,

76

dass Sie sich unter Lebensgefahr versteigen wollen. Wir sind seit dem Sündenfall, vor dem Adam bekanntlich, nach der Versicherung der Rabbiner, seine hundert Ellen maß, merklich kleiner geworden und schwinden von Zeit zu Zeit immer mehr, sodass man in unserm Säkulo vor allen solchen halsbrechenden Versuchen, wie der vorliegende ist, ernstlich warnen muss. Was wollen Sie überhaupt bei der steinernen Jungfrau, die in diesem Augenblicke zu einer eisernen für Sie werden würde, wenn ihr nicht die echten Arme zum Umschlingen fehlten; denn mit den ergänzten hat es keine Not, sie dienen nicht einmal zu einer Berlichingensfaust, und gleichen nur den angehefteten hölzernen, an den Körpern zerschossener Soldaten. O Freund, was die Kunstärzte der neuern Periode auch immer heilen und flicken mögen, sie bringen doch die von der tückischen Zeit verstümmelten Götter, wie z. B. diesen daliegenden Torso, nicht wieder auf die Beine, und sie werden immer nur als Invaliden und Emeriti hier in Ruhe gesetzt verbleiben müssen. Einst, als sie noch aufrecht standen, und Arme und Schenkel und Häupter hatten, lag ein ganzes großes Heldengeschlecht vor ihnen im Staub; jetzt ist das umgekehrt, und sie liegen im Boden, während unser aufgeklärtes Jahrhundert aufrecht steht, und wir selbst uns bemühen leidliche Götter abzugeben.

Kunstfreund, wohin sind wir gekommen, dass wir es wagen, diese großen Göttergräber aufzuwühlen, und die unsterblichen Toten ans Licht zu ziehen, da wir doch wissen, wie hart bei den Römern die bloße Verletzung der Menschengrüfte verpönt war. Freilich achten Aufgeklärte diese Verstorbenen jetzt geradezu für Götzen, und die Kunst ist nur noch eine heimlich eingeschlichene heidnische Sekte, die an ihnen vergöttert und anbetet – aber was ist es auch mit ihr, Kunstfreund? Die Alten sangen Hymnen und Aischylos und Sophokles dichteten ihre Chöre zum Lobe der Götter; unsere moderne Kunstreligion betet in Kritiken und hat die Andacht im Kopfe, wie echt Religiöse im Herzen.

Ach, man soll die alten Götter wieder begraben! Küssen Sie den Hintern, junger Mann, küssen Sie, und damit gut!

Auf der andern Seite, Freund, wollen Sie nicht mehr anbeten, so sollen Sie auch nicht weiter auf Kosten der Natur bewundern; denn der Menschwerdung dieser Götter widersetze ich mich standhaft. Sie haben die Wahl: entweder beten oder begraben! –

Nicht so aufgeschaut, Lieber! Führen Sie die Natur, die echte meine ich, womöglich in Person einmal in diesen Kunstsaal, und lassen Sie sie reden. Beim Teufel, sie wird lachen über die komische Menschenmaske, die ihr so abgeschmackt wie der Popanz in Horazens Briefe an die Pisonen erscheinen muss.

Lassen Sie sie sprechen, ob sie jemals zu dieser Zehe diese Nase, zu diesem Munde jene Stirn, zu dieser Hand jenen Hintern wirklich geschaffen haben würde; – ich wette, sie würde verdrießlich werden, wenn Sie ihr so etwas einreden wollten! Dieser Apoll wäre vielleicht ein Krüppel, hätte sie ihn von der kleinen Zehe fortgesetzt, dieser Antinoos ein Thersites und jener tragische gewaltige Laokoon gar eine Art von Caliban, wenn nach Naturgesetzen alles reformiert werden sollte. Ja, was möchte dann wohl aus dieser Minerva werden, die jetzt bis zum höchsten Punkte des Ideals hinaufgearbeitet vor Ihnen steht, indem nämlich das Haupt an ihr defekt ist, worin der weise Geist thront, der nach Geisterart sich unsichtbar gemacht hat.

Diese Minerva ohne Kopf erregt überhaupt noch in weit größerem Maße meine Aufmerksamkeit als der Agamemnon mit verhülltem Haupte in dem bekannten Gemälde des Timanthes. So wie dieser nämlich den Künstlern die Regel gegeben hat, den höchsten unendlichen Schmerz nur erraten zu lassen, so scheint jene dasselbe in Hinsicht auf die Urschönheit anzudeuten. Unsere Modernen richten sich auch danach, und ihre Köpfe sind in doppelter Hinsicht nur als Surrogate von Köpfen anzusehen und stehen da oben nur, gleichsam wie die Knöpfe auf Türmen, zum bloßen Schlusse der Gestalt. – Die Alten backten, wie jener Prometheus dort im Winkel, ihre Menschen zwar auch aus Ton, aber sie schufen den Sonnenfunken mit hinein; – wir spielen mit dem Feuer nicht gern, aus Furcht vor Gefahr, und lassen deshalb den Funken weg; – ja, es gibt jetzt sogar eine allgemeine Feuerpolizei – eine Zensur und Rezensur – die schnell genug jedwede Flamme, die emporlodern will, erstickt. So kann denn der Sonnenfunken bei uns nicht aufkommen. Weise Einrichtung des Staates, der lieber gute brauchbare Maschinen als kühne Geister unter seinen Bürgern duldet, der den Fuchs selbst zum Balge herauspeitscht, um den Balg zu benutzen, der die Hände und Füße, als dauerhafte Dreh- und Tretemaschinen, höher anschlägt als die Köpfe seiner Landeskinder. – Der Staat hat, wie der Briareus, nur einen einzigen Kopf, aber hundert Arme vonnöten – und damit gut!« –

Ich endete erschrocken, denn bei dem täuschenden Fackelglanze schien sich der ganze verstümmelte Olymp umher plötzlich zu beleben; der zürnende Jupiter wollte sich aufrichten von seinem Sitz, der ernste Apoll griff nach dem Bogen und der klingenden Leier, mächtig bäumten sich die Drachen um den kämpfenden Laokoon und die sinkenden Söhne, Prometheus formte mit den Stümpfen seiner Arme Menschen, die stumme Niobe schützte das jüngste ihrer Kleinen vor den herabstrahlenden Sonnenpfeilen, die Musen ohne Hände, Arme und Lippen regten sich durcheinander, wie wenn sie sich bemühten, die alten verklungenen Lieder zu singen und zu spielen – aber es blieb alles still ringsum und schien nur noch heftige zuckende Bewegung auf einem Schlachtfeld; – nur tief im Hintergrund stand, ohne Beleuchtung, starr und versteinert ein Furienchor und schaute finster und schrecklich dem Gewühle zu.

Vierzehnte Nachtwache

Kehre mit mir zurück ins Tollhaus, du stiller Begleiter, der du mich bei meinen Nachtwachen umgibst. –

Du erinnerst dich noch an mein Narrenkämmerchen, wenn du anders den Faden meiner Geschichte – die sich still und verborgen, wie ein schmaler Strom, durch die Fels- und Waldstücke, die ich umher aufhäufte, schlingt – nicht verloren hast. In diesem Narrenkämmerchen lag ich, wie in einer Höhle der Sphinx, mit meinem Rätsel eingeschlossen, und war fast auf dem glücklichen Wege, mich wahrhaft zur Tollheit, als dem einzigen haltbaren System, zu bekennen, eben weil ich täglich Gelegenheit hatte, die Resultate dieser allgemeinen Schule mit denen der einzelnen zu vergleichen.

Ich will etwas ausholen! sagen die Schriftsteller, wenn sie vom Eie einer Sache anheben wollen, ich muss mich auch dazu bequemen, da ich in dieser Nacht das einzige Nachtigallenei meiner Liebe auszubrüten gedenke; denn um mich her schlagen die Nachtigallen in allen Büschen und Gezweigen und verbinden sich, wie ein Chor, zu einem einzigen Liebesgesang.

Ich spielte einst aus Ingrimm über die Menschheit auf einem Hoftheater den Hamlet, als Gastrolle, um Gelegenheit zu haben, mich gegen das schweigend dasitzende Parterre eines Teils meiner Galle zu entledigen. An diesem Abend trug es sich zu, dass die Ophelia aus ihrem Vexierwahnsinne Ernst machte und förmlich toll vom Theater ablief. Es gab gewaltigen Lärm, und wie andere Direktoren sich mit dem Einstudieren der Rollen zu beschäftigen pflegen, so bemühte sich dagegen der anwesende seine Prima Donna mit aller Anstrengung aus der gespielten herauszustudieren; – doch vergeblich, die mächtige Hand des Shakespeare, dieses zweiten Schöpfers, hatte sie zu heftig ergriffen und lies sie zum Schrecken aller Gegenwärtigen nicht wieder los. Für mich war es ein interessantes Schauspiel, dieses gewaltige Eingreifen einer Riesenhand in ein fremdes Leben, dieses Umschaffen der wirklichen Person zu einer poetischen, die jetzt vor den Augen aller Vernünftigen auf Kothurnen ernsthaft auf und ab ging und abgerissene Gesänge, wie wunderbare Geistersprüche, hören ließ. So sehr man auch mit den bündigsten Gründen in sie drang zur Vernunft zurückzukehren, so heftig protestierte sie dagegen, und es blieb zuletzt kein anderes Mittel übrig, als sie ins Tollhaus zu schicken. – Zu meinem nicht geringen Erstaunen traf ich hier wieder mit ihr zusammen. Ihr Kämmerchen stieß dicht an das meinige, und ich hörte sie täglich den Holzschuh und Muschelhut ihres Geliebten besingen. Ein Kerl wie ich, der aus Hass und Grimm zusammengesetzt ist und nicht wie andere Menschenkinder seiner Mutter Leibe, sondern vielmehr einem schwangeren Vulkan entbunden zu sein scheint, hat für Liebe und dergleichen wenig Sinn; und doch beschlich mich hier im Tollhaus so etwas; es äußerte sich zwar anfangs nicht in den gewöhnlichen Symptomen als Vorliebe für Mondschein, poetischen Andrangs zum Kopfe und dergleichen, sondern vielmehr in dem heftigen Bestreben zur Errichtung einer Narrenpropaganda und einer ausgebreiteten Kolonie von Verrückten, um sie zum Schrecken der anderen vernünftigen Menschen plötzlich anlanden zu lassen.

Dies tolle Gefühl indes, das sie Liebe nennen, und das wie ein Flicken vom Himmel auf diese dürre Steppe der Erde heruntergefallen ist, fing doch am Ende auch bei mir an es ernstlicher zu nehmen, und ich machte zu meinem eigenen Entsetzen mehrere Gedichte in Versen, schaute auch in den Mond und sang gar zu Zeiten mit, wenn draußen um das Tollhaus her die Nachtigallen pfiffen. Ich habe wahrhaft einmal einige Rührung an einem sogenannten melancholischen Abend verspürt; ja ich konnte in gewissen Stunden aus einem Loch meiner Kaukasushöhle schauen und weniger denken als nichts. – Auch Betrachtungen habe ich zu diesem Zeitpunkt meiner Schreibtafel einverleibt, von welchen ich doch hier einige für gefühlvolle Seelen ausheben will.

An den Mond

Sanftes Antlitz voll Gutmütigkeit und Rührung; denn beides musst du in dir vereinen, weil du nicht einmal am Himmel den Mund aufreißest, weder zum Fluchen, noch zum Gähnen, wenn tausend Narren und Verliebte ihre Seufzer und Wünsche zu dir hinaufrichten und dich zu ihrem Vertrauten erkiesen; solange du auch schon um die Erde herumgelaufen bist, als ihr Begleiter und Cicisbeo, so hast du dich doch beständig als ein treuer Konfident gehalten, und man findet kein einziges Beispiel in der Weltgeschichte bis zu Adam hin, wo du unwillig geworden wärest, die Nase gerümpft oder einige hämische Mienen angenommen hättest, ob du gleich diese Seufzer und Klagen schon tausend und abermaltausend Male wiederholen hörtest. Noch immer bist du gleich aufmerksam, ja man sieht dich so oft gerührt das Wischtüchlein einer Wolke vorhalten, um deine Tränen dahinter zu verbergen.

Welchen besseren Zuhörer könnte sich ein seine Werke vorlesender Dichter wählen als dich, welchen innigeren Vertrauten ich, der ich hier im Tollhause mich liebend verzehre. Wie blass du bist, Guter, wie teilnehmend und zugleich wie aufmerksam auf alle, die noch in diesem Augenblicke außer mir stehen und dich anschauen! Deine gutmütige Miene könnte man leicht für

Einfalt halten, besonders heute, wo dein Antlitz zugenommen hat und recht rund und genährt anzuschauen ist; aber du magst zunehmen, wie du willst, ich lasse mich dadurch in deinem Anteil nicht täuschen, bleibst du doch immer der Alte und nimmst auch wieder ab und verzehrst dich – ja verhüllst du nicht gar, wenn dich die Rührung überwältigt, dein Gesicht, wie der weinende Agamemnon, dass man nichts von dir sieht, als den vor Gram kahlen Hinterkopf! – Leb wohl, Trauter, Guter!

An die Liebe

Weib, was willst du von mir, dass du dich an mich hängst? Hast du mir auch schon ins Gesicht geschaut? – Du mit deinem Lächeln und deinen holden liebäugelnden Mienen, und ich, mit all dem Grimm und Zorn im Medusenantlitz! – Traute, überleg es, wir geben ein gar zu ungleiches Paar ab. Lass mich los, beim Teufel! Ich habe nichts mit dir zu schaffen! Du lächelst wieder und hältst mich fest? Was soll die vorgehaltene Göttermaske, mit der du mich anblickst? Ich reiße sie dir ab, um das dahintersteckende Tier kennenzulernen; denn in der Tat, ich halte dein wahres Gesicht nicht für das reizendste. – Himmel, das wird immer ärger, ich girre und schmachte ganz erbärmlich – willst du mich völlig rasend machen! Weib, wie kannst du nur Gefallen daran finden, auf einem so kreischenden Instrumente, wie ich bin, spielen zu wollen! Die Komposition ist für einen Fluch gesetzt, und ich muss ein Liebeslied dazu absingen. O lass mich fluchen und nicht in so schrecklichen Tönen schmachten! Hauche deine Seufzer in eine Flöte, aus mir schallen sie wie aus einer Kriegstrommete, und ich rühre die Lärmtrommel, wenn ich girre. – Und nun gar der erste Kuss – o das andere ließe sich noch überstehen, wie alles, was sich bloß in der Sprache und in Tönen umhertreibt, und es wäre mir immer noch erlaubt, heimlich etwas anderes dabei zu denken – aber der erste Kuss – ich habe niemals geküsst, aus Abscheu gegen alle rührende und zärtliche Heuchelei – Unhold, wüsste ich dass du mich dazu verleiten könntest, ich böte meine letzte Kraft auf und schüttelte dich von mir!

In solchen und dergleichen Fragmenten habe ich mich abgearbeitet, und mich ordentlich methodisch auszuschreiben gesucht, wie mancher Dichter, der seine Gefühle so lange auf dem Papiere von sich gibt, bis sie zuletzt alle abgegangen sind, und der Kerl selbst ganz ausgebrannt und nüchtern dasteht.

Es schlug indes alles fehl bei mir, ja die Symptome wurden immer kritischer, und ich fing gar an, in mich vertieft umherzuwandern, und fühlte mich fast human und kleinlaut gegen die Welt gestimmt. Einmal meinte ich gar, sie könnte doch wohl die beste sein, und der Mensch selbst wäre etwas mehr als das erste Tier darauf, ja er habe einigen Wert und könne vielleicht gar unsterblich sein.

Als es so weit gekommen war, gab ich mich selbst verloren, und betrieb es jetzt ganz so langweilig und alltäglich wie ein anderer Verliebter. Ich entsetzte mich schon nicht mehr, wenn ich versifizierte, ja ich konnte auf eine längere Zeit gerührt bleiben und gewöhnte mich an manche Ausdrücke, die ich sonst gar nicht in den Mund genommen hätte. Jetzt ließ ich den ersten Liebesbrief vom Stapel laufen, den ich hier samt dem anderen Briefwechsel zu Erbauung anhänge:

Hamlet an Ophelia

Himmlischer Abgott meiner Seele, reizerfüllteste Ophelia! Dieser Eingang zwar, mit dem ich meinen ersten Brief an dich überschrieb, als wir noch bloß auf dem Hoftheater uns zum Vergnügen der Zuschauer liebten, könnte dich vielleicht täuschen und es dir einreden wollen, als ob ich noch ebenso wie damals an einem fingierten Wahnsinn und allen den metaphysischen Spitzfindigkeiten, die ich von der hohen Schule mitbrachte, laborierte. – Aber lass dich dadurch nicht täuschen, Abgott, denn ich bin für dieses Mal wirklich toll – so sehr liegt alles in uns selbst und ist außer uns nichts Reelles, ja wir wissen nach der neuesten Schule nicht, ob wir in der Tat auf den Füßen, oder auf dem Kopfe stehen, außer dass wir das erste durch uns selbst auf Treu und Glauben angenommen haben. –

Es ist dies ein ganz verwünschter Ernst, Ophelia, und du sollst nicht etwa glauben, dass ich es als Persiflage von mir gebe. – Ach, wie ist es alles jetzt verändert in deinem armen Hamlet – diese ganze Erde, die ihm sonst wie ein verödeter Garten voll Dornen und Disteln, wie ein Sammelplatz voll pestilenzischer Ausdünstungen vorkam, hat sich jetzt vor ihm in ein Eldorado verwandelt, in einen blühenden Garten der Hesperiden; er war einst so frei und kerngesund, als er sie hasste, und ist jetzt ein Sklav' und fast krank, da er sie liebt. – Teuerste – ich wollte, dass ich Verhassteste sagen könnte, es gäbe dann doch wenigstens nichts, was mich an diesen dummen Ball fesselte, und ich könnte ganz froh und lustig mich von ihm hinunterstürzen in das ewige Nichts – also leider Teuerste! ich sage jetzt nicht mehr wie vormals zu dir: Geh in ein Nonnenkloster! Denn ich bin toll genug zu glauben, wenn der Mensch liebe, so sei der Narr etwas, ob er gleich deshalb doch immer nur dem Tode rascher entgegengeht, und dieser ihm, bis sie sich beide endlich treffen und fest und ewig umarmen; es sei dies nun an dem Steine, wo der heilige Gustav entschlummerte, auf dem Gerüste, wo die schöne Maria blutete oder an irgendeinem noch bessern oder schlechtern Ort. – Ich weiß gewiss, der böse Feind schwebt hohnlachend über der Erde, und hat die Liebe, als eine bezaubernde Maske, auf sie herabgeworfen, um die sich jetzt alle Menschenkinder reißen, sie auf eine Minute lang vorzuhalten. Sieh, auch ich habe sie leider gefasst, und minaudiere mit dem Totenkopfe recht zärtlich hinter ihr und habe, beim Teufel, Lust das Menschenkind mit dir fortzupflanzen. O wäre die verwünschte Larve nicht, es hätten dann die Erdensöhne hienieden gewiss dem Jüngsten Tage einen Possen gespielt durch ein Gesetz gegen die Bevölkerung, damit unser Herrgott, oder wer sonst zuletzt den Erdball noch einmal anschauen will, ihn zu seiner Verwunderung von Menschen durchaus entvölkert gefunden hätte.

Doch lass mich endlich zu dem Punkt kommen, den ich leider, so sehr ich mir auch Mühe gebe, nicht umgehen kann – zu meiner Liebeserklärung!

Zorniger, wilder, menschenfeindlicher hat es in mir seit meiner Geburt nicht ausgesehen als in diesem Augenblick, wo ich es dir aufgebracht hinschreibe, dass ich dich liebe, dich anbete und dass ich, nach dem Wunsche dich zu hassen und zu verabscheuen, keinen sehnlicheren hege, als das Geständnis deiner Gegenliebe zu vernehmen. Bis dahin dein

liebender Hamlet.

Ophelia an Hamlet

Liebe und Hass steht in meiner Rolle, und zuletzt auch Wahnsinn – aber sage mir, was ist das alles eigentlich an sich, dass ich wählen kann. Gibt es etwas an sich, oder ist alles nur Wort und Hauch und viel Phantasie. – Sieh da kann ich mich nimmer herausfinden, ob ich ein Traum – ob es nur Spiel oder Wahrheit, und ob die Wahrheit wieder mehr als Spiel – eine Hülse sitzt über der anderen, und ich bin oft auf dem Punkte den Verstand darüber zu verlieren.

Hilf mir nur meine Rolle zurücklesen, bis zu mir selbst. Ob ich denn selbst wohl noch außer meiner Rolle wandle, oder ob alles nur Rolle, und ich selbst eine dazu. Die Alten hatten Götter, und auch einen darunter, den sie Traum nannten, es musste ihm sonderbar zumute sein, wenn es ihm etwa einfiel, sich für wirklich halten zu wollen, und er doch immer nur Traum blieb. Fast glaube ich, der Mensch ist auch solch ein Gott. Ich möchte gern mich auf einen Augenblick mit mir selbst unterreden, um zu erfahren, ob ich selbst liebe, oder nur mein Name Ophelia – und ob die Liebe selbst etwas ist, oder nur ein Name. – Sieh, da suche ich mich zu ereilen, aber ich laufe immer vor mir her und mein Name hinterdrein, und nun sage ich wieder die Rolle auf – aber die Rolle ist nicht Ich. Bring mich nur einmal zu meinem Ich, so will ich es fragen, ob es dich liebt.

Ophelia.

Hamlet an Ophelia

Grübele dergleichen Dingen nicht so tief nach, Teure, denn sie sind so verworrener Natur, dass sie leicht zum Tollhause führen könnten! Es ist alles Rolle, die Rolle selbst und der Schauspieler, der darin steckt, und in ihm wieder seine Gedanken und Pläne und Begeisterungen und Possen – alles gehört dem Moment an und entflieht rasch, wie das Wort von den Lippen des Komödianten. – Alles ist auch nur Theater, mag der Komödiant auf der Erde selbst spielen oder zwei Schritte höher auf den Brettern oder zwei Schritte tiefer in dem Boden, wo die Würmer das Stichwort des abgegangenen Königs aufgreifen; mag Frühling, Winter, Sommer oder Herbst die Bühne dekorieren, und der Theatermeister Sonne oder Mond hineinhängen oder hinter den Kulissen donnern und stürmen – alles verfliegt doch wieder und löscht aus und verwandelt sich – bis auf den Frühling in dem Menschenherzen; und wenn die Kulissen ganz weggezogen sind, steht nur ein seltsames nacktes Gerippe dahinter, ohne Farbe und Leben, und das Gerippe grinst die anderen noch herumlaufenden Komödianten an.

Willst du aus der Rolle dich herauslesen, bis zum Ich? – Sieh dort steht das Gerippe und wirft eine Handvoll Staub in die Luft und fällt jetzt selbst zusammen; – aber hinterdrein wird höhnisch gelacht. Das ist der Weltgeist, oder der Teufel – oder das Nichts im Widerhalle!

Sein oder Nichtsein! Wie einfältig war ich damals, als ich mit dem Finger an der Nase diese Frage aufwarf, wie noch einfältiger diejenigen, die es mir nachfragten, und wunder glaubten, was hinter dem Ganzen steckte. Ich hätte das Sein erst um das Sein selbst befragen sollen, dann ließe sich nachher auch über das Nichtsein etwas Gescheites ausmitteln. Ich brachte damals noch die Unsterblichkeitstheorie von der hohen Schule mit und führte sie durch alle Kategorien. Ja, ich fürchtete wahrlich den Tod der Unsterblichkeit halber – und beim Himmel mit Recht, wenn hinter dieser langweiligen comedie larmoyante noch eine zweite folgen sollte – – ich denke es hat damit nichts zu sagen!

Darum, teure Ophelia, schlag dir das alles aus dem Sinn, und lass uns lieben und fortpflanzen und alle die Possen mittreiben – bloß aus Rache, damit nach uns noch Rollen auftreten müssen, die alle diese Langweiligkeiten von neuem ausweiten, bis auf einen letzten Schauspieler, der grimmig das Papier zerreißt und aus der Rolle fällt, um nicht mehr vor einem unsichtbar dasitzenden Parterre spielen zu müssen.

Liebe mich kurz und gut, ohne weiteres Grübeln!

Hamlet.

Ophelia an Hamlet

Du stehst einmal als Stichwort in meiner Rolle, und ich kann dich nicht herausreißen, so wenig wie die Blätter aus dem Stücke, worauf meine Liebe zu dir geschrieben ist. So will ich denn, da ich mich aus der Rolle nicht zurücklesen kann, in ihr fortlesen bis zum Ende und zu dem exeunt omnes, hinter dem dann doch wohl das eigentliche Ich stehen wird. Dann sage ich dir, ob außer der Rolle noch etwas existiert und das Ich lebt und dich liebt.

Ophelia.

Hinter diesem Briefwechsel trat nun unser Wortwechsel ein und jeder nachfolgende Wechsel, von den Blicken, Küssen und dergleichen an, bis zum Selbstwechsel.

Nach wenigen Monaten war das Stichwort zu einer neuen Rolle geschrieben. – Ich war doch fast glücklich in der Zeit und spürte in dem Tollhause zuerst einige Menschenliebe, sodass ich ernsthaft über Plänen brütete mit den Narren um mich her Platos Republik zu realisieren. Doch da strich der Traumgott wieder alles aus!

Die Ophelia wurde immer blasser und vernünftiger, obgleich der Arzt meinte, der Unsinn sei bei ihr im Steigen; aber es war der Moment, wo ein großer Sinn in ihn eintrat. –

Es stürmte wild um das Tollhaus her – ich lag am Gitter und schaute in die Nacht außer der am Himmel und auf Erden nichts weiter zu sehen war. Es war mir, als stände ich dicht am Nichts und riefe hinein, aber es gäbe keinen Ton mehr – ich erschrak, denn ich glaubte wirklich gerufen zu haben, aber ich hörte mich nur in mir. Ein Blitz, ohne nachfolgenden Donnerschlag, flog pfeilschnell, aber still durch die Nacht, und der Tag erschien und verschwand rasch in ihr, wie ein Geist. Neben mir auf der einen Seite rasselte ein Wahnsinniger schrecklich mit seinen Ketten, auf der anderen hörte ich Ophelia abgerissene Stücke ihrer Balladen singen, doch wurden die Töne oft Seufzer, und zuletzt schien mir alles eine große Disharmonie, zu der die rasselnden Ketten die begleitende Musik abgaben. Es dünkte mich, als entschliefe ich. Da sah ich mich selbst mit mir allein im Nichts, nur in der weiten Ferne verglimmte noch die letzte Erde, wie ein auslöschender Funken – aber es war nur ein Gedanke von mir, der eben endete. Ein einziger Ton bebte schwer und ernst durch die Öde – es war die ausschlagende Zeit, und die Ewigkeit trat jetzt ein. Ich hatte jetzt aufgehört, alles andere zu denken, und dachte nur mich selbst! Kein Gegenstand war ringsum aufzufinden als das große schreckliche Ich, das an sich selbst zehrte, und im Verschlingen stets sich wiedergebar. Ich sank nicht, denn es war kein Raum mehr, ebenso wenig schien ich emporzuschweben. Die Abwechslung war zugleich mit der Zeit verschwunden, und es herrschte eine fürchterliche ewig öde Langeweile. Außer mir, versuchte ich mich zu vernichten – aber ich blieb und fühlte mich unsterblich! –

Hier vernichtete sich der Traum in seiner eigenen Größe, und ich erwachte tiefaufatmend – das Licht war erloschen, ringsum tiefe Nacht; nur Ophelien hörte ich leise ihre Balladen singen, wie wenn sie jemand damit in den Schlaf wiegte. Ich tappte an den Wänden aus meiner Kammer, neben mir schlichen draußen durch die Finsternis noch Wahnsinnige und zischelten leise.

Ich öffnete Opheliens Tür, sie lag blass auf ihrem Lager, bemüht ein totes eben geborenes Kind an ihrer Brust in den Schlaf zu lullen; neben ihr stand ein irres Mädchen und legte den Finger auf den Mund, als ob sie mir Stille zuwinkte.

»Jetzt schläft es!« sagte Ophelia und blickte mich lächelnd an, und das Lächeln war mir, wie wenn ich in ein aufgeworfenes Grab schaute. – »Gottlob, es gibt einen Tod, und dahinter liegt keine Ewigkeit!« sprach ich unwillkürlich.

Sie lächelte fort und flüsterte nach einer Pause, wie wenn die Sprache sich allmählich in Hauche auflösen und leise verschwinden wollte: »Die Rolle geht zu Ende, aber das Ich bleibt, und sie begraben nur die Rolle. Gottlob dass ich aus dem Stücke herauskomme und meinen angenommenen Namen ablegen kann; hinter dem Stück geht das Ich an!« – »Es ist nichts!« sagte ich schüttelnd. – Sie fuhr kaum hörbar fort: »Dort steht es schon hinter den Kulissen und wartet auf das Stichwort; wenn nur der Vorhang erst ganz nieder ist! – Ach, ich liebe dich! Das ist die letzte Rede im Stück, und sie allein will ich aus meiner Rolle zu behalten suchen – es war die schönste Stelle! Das Übrige mögen sie begraben!« –

Da fiel der Vorhang, und Ophelia trat ab – niemand klatschte, und es war, als ob kein Zuschauer zugegen wäre. Sie schlief schon ganz fest mit dem Kinde an der Brust, und beide waren nur sehr blass und man hörte keine Atemzüge, denn der Tod hatte ihnen seine weiße Maske schon aufgelegt. –

Ich stand stürmisch aufgereizt neben dem Lager, und in mir machte es sich zornig Luft, wie zu einem wilden Gelächter – ich erschrak, denn es wurde kein Gelächter, sondern die erste Träne, die ich weinte. Nahe bei mir heulte noch einer; – doch war es nur der Sturm, der durch das Tollhaus pfiff.

Als ich aufblickte, standen die Wahnsinnigen in einem Halbkreis um das Lager her, alle schweigend, aber seltsam gestikulierend und sich gebärdend; einige lächelnd, andere tief nachsinnend, noch andere den Kopf schüttelnd oder starr die weiße Schlummernde und das Kind betrachtend; – auch der

Weltschöpfer war darunter, aber er legte nur bedeutend den Finger auf den Mund. – Es ward mir fast bange in dem Kreise!

Fünfzehnte Nachtwache

So sehr es auch die tägliche Erfahrung lehrt, dass man an allen Plätzen Narren duldet, so aufgebracht war man doch darüber, dass ich den Versuch angestellt hatte, sie fortzupflanzen, und mir wurde darüber sogar zur Strafe mein Narrenkämmerchen aufgesagt.

Ach es war mir recht traurig, als ich von meinen Brüdern Abschied nehmen sollte, um wieder unter die Vernünftigen zu laufen, und wie nun die Tür des Tollhauses hinter mir in das Schloss rasselte, stand ich ganz einsam da und suchte melancholisch den Gottesacker auf, wo sie die Ophelia hingetragen hatten. O hätte ich nur mindestens einen Laertes auffinden können, um mit ihm an dem Grabe mich herumzuschlagen, denn ich hatte aus dem Tollhaus einen verstärkten Hass gegen alle Vernünftige mitgebracht, die mit ihren platten nichtssagenden Physiognomien jetzt wieder um und neben mir wandelten.

Ein Reicher und ein Bettler haben den Vorzug vor anderen gewöhnlichen Menschenkindern, dass sie ihrem Hange zum Reisen vollen Lauf lassen dürfen. Der Reiche schließt sich die Herrlichkeiten der Erde mit dem goldenen Schlüssel in seiner Hand auf; der Arme hat ein Freibillet für die ganze Natur, und er kann die höchsten und schönsten Wohnungen nach Belieben beziehen; heute den Ätna, morgen die Fingalsgrotte; in dieser Woche den Sommeraufenthalt des Weisen am Genfersee [Rousseau] und in der folgenden die köstliche kristallene Halle des Rheinfalles, wo statt der Deckengemälde ihm die Sonne Regenbogen über das Haupt webt, und die Natur seinen Palast im immerwährenden Zerstören wieder aufbaut.

Zeigt mir einen König, der glänzender wohnen kann, als ein Bettler!

Ich reiste überdies mit dem Vorteile, nirgends um meine Zeche gemahnt zu werden oder mich für die Nachtmahlzeit bei jemand anderem, als bei der alten Mutter selbst, bedanken zu müssen; denn die Erde hatte noch Wurzeln in ihrem Schoß, die sie mir nicht verweigerte, und sie reichte der durstigen Lippe in der dargebotenen Felsenschale den frischen brausenden Trank des stürzenden Wasserfalls. – Ich war recht froh und frei und hasste die Menschen nach Belieben, weil sie so klein und nichtsnutzig durch den großen Sonnentempel hinschlichen.

Einst hatte ich mich eben von meinem Lager, einem duftenden blumigen Rasen, aufgerichtet und schaute in die Morgenglut, die wie ein Geist aus dem Meer aufstieg, wobei ich, um das Nützliche mit dem Angenehmen zu verbinden, eine aufgegrabene Wurzel anbiss. Es gehört zur menschlichen Größe in der Nähe erhabener Gegenstände, Nebengeschäfte zu betreiben, z. B. der aufgehenden Sonne, mit der Pfeife im Munde ins Antlitz zu schauen oder während der Katastrophe einer Tragödie Makkaroni zu speisen und dergleichen; die Menschen haben es darin sehr weit gebracht.

Als ich nun so behaglich dalag, wandelte mich die Laune zu einem Monolog an, den ich folgendergestalt hielt:

»Nichts geht doch über das Lachen, und ich schlage es fast so hoch an, wie andere gebildete Leute das Weinen, obgleich sich eine Träne leicht zu Tage fördern lässt, bloß durch starkes Hinschauen auf einen Fleck oder durch mechanisches Lesen Kotzebuescher Dramen, ja zuletzt schon durch heftig anhaltendes Lachen allein. Habe ich nicht letzthin einen ziemlich abgezehrten Mann beim Anblick der aufgehenden Sonne häufig Tränen vergießen sehen, und andere standen nahe dabei und rühmten es als ein Zeichen eines gefühlvollen Gemütes und weinten zuletzt über den Weinenden. Nur ich trat hinzu und fragte: ›Freund, rührt der Gegenstand so heftig?‹ – ›Nicht doch‹, sagte jener, ›aber der Lichtstrahl wirkt nach neueren Beobachtungen, außerdem dass er Niesen und Weinen zuwege bringt, auch auf das Erzeugen; und ich war in Italien!‹ – Ich verstand den Mann, der der Sonne zu etwas Reellerem ins Auge schaute, als zum bloßen Phantasieren. – Als ich mich lachend umdrehte, schalten die andern mich weinend in sehr harten Ausdrücken; ich lachte über diesen Kontrast noch stärker, und es fehlte wenig, so hätten sie mich aus Rührung gesteinigt! –

Wo gibt es überhaupt ein wirksameres Mittel jedem Hohne der Welt und selbst dem Schicksal Trotz zu bieten, als das Lachen? Vor dieser satirischen Maske erschrickt der gerüstetste Feind, und selbst das Unglück weicht erschrocken von mir, wenn ich es zu verlachen wage! – Was beim Teufel, ist auch diese ganze Erde, nebst ihrem empfindsamen Begleiter, dem Mond, anders wert, als sie auszulachen – ja sie hat allein darum noch einigen Wert, weil das Lachen auf ihr zu Hause ist. Es war alles auf ihr so empfindsam und gut eingerichtet, dass es dem Teufel, der sie einst zum Zeitvertreibe sich beschaute, zum Ärger gereichte; um sich an dem Werkmeister zu rächen, schickte er das Gelächter ab, und es wusste sich geschickt und unbemerkt in der Maske der Freude einzuschleichen, die Menschen nahmen's willig auf, bis es zuletzt die Larve abzog und als Satire sie boshaft anschaute. – Lasst mir nur das Lachen lebenslang, und ich halte es hier unten aus!« –

»Hoho!« rief es jetzt dicht an meinem Ohr, und als ich mich umdrehte, schaute mir ein hölzerner Hanswurst keck und trotzig ins Antlitz. »Er ist mein Patron!« sagte ein großer Kerl, der ihn mir entgegenhielt, und neben sich einen großen Kasten stehen hatte. »Er hat Talente zum Hanswurst, und ich brauche eben einen, denn der meinige ist mir heute verstorben. Hat Er Lust, so schlage Er ein; der Posten ist einträglich, und wirft mehr ab, als Wurzeln fressen!« –

Der hölzerne Spaßmacher schaute mich dabei vertraulich an, und ich fühlte mich zu ihm hingezogen, wie zu einem Freunde. »Der Kerl ist in Venedig geschnitzt«, sagte der Puppenspieler wie zur Aufmunterung, »und ich wette, er macht seine Sache besser, als irgendein anderer; schaue Er nur, er geht und steht, wie auf lebendigen Beinen, legt die Hand aufs Herz, trinkt und isst, wenn ich am Faden ziehe, und kann lachen und weinen, wie ein gewöhnlicher Mensch, bloß durch einen leichten mechanischen Druck!« –

»Topp!« rief ich und nahm den Kasten auf die Schultern, und die hölzerne Gesellschaft klapperte drinnen unter dem Tragen, wie wenn sie eine französische Revolution zum Zeitvertreib aufführte.

Im Wirtshaus fanden wir das Theater und schon Leute, die sich's ansehen wollten; der Direktor gab mir einen flüchtigen theoretischen Unterricht in der tragischen sowohl, wie in der komischen Kunst, auch öffnete er mir zur Zerstreuung eine kleine Seitentür, wo mein Vorgänger im Hanswurst auf der Streu im Leichentuch lag und seine Rolle ausgespielt hatte; das Gesicht war recht boshaft verzogen, und jener sagte: »Er ist im Lachen verstorben, wodurch er sich hinter der Bühne einen Stickfluss zuzog!« –

»Ein schöner Tod!« erwiderte ich, und wir machten uns nun bereit, die hölzerne Treppe zu dirigieren. Mein Gefährte hatte große Force in den Liebhabern und Liebhaberinnen, wovon er diese durch die Fistel sprach. Mein Hauptfach dagegen war der Hanswurst, doch hatte ich auch nebenzu die Könige zu besorgen. Als der Vorhang fiel, umarmte mich der Mann feurig und sagte, dass ich meinem Posten Ehre mache.

Wie teuer einem indes das Dirigieren zu stehen kommen kann, das hatten wir Gelegenheit auch unter Marionetten zu erfahren; die Sache trug sich folgendergestalt zu:
Wir hatten unsere Bühne in einem kleinen deutschen Dorf, nahe an der französischen Grenze, aufgeschlagen. Sie gaben drüben grade die große Tragikomödie, in der ein König unglücklich debütierte, und der Hanswurst, als Freiheit und Gleichheit, lustig Menschenköpfe, statt der Schellen, schüttelte. – Wir hatten den unglücklichen Einfall, den Holofernes auf das Theater zu bringen, und erhitzten dadurch die zuschauenden Bauern so heftig, dass sie die Bühne erstürmten, unter den Schauspielerinnen uns die Judith entführten und mit ihr und dem abgeschlagenen hölzernen Haupte des Holofernes geradewegs vor das Haus des Schulzen zogen und nicht weniger als seinen Kopf von ihm forderten. Das in Anspruch genommene Haupt erblasste, als die Rebellen ihm das blutige hölzerne entgegenhielten, und weil die Sache mir

immer bedenklicher schien, so suchte ich ihr rasch eine andere Wendung zu geben. Ich bemächtigte mich des Holoferneskopfes, sprang auf einen Stein und suchte in der Angst folgende Rede zustande zu bringen:

»Liebe Landleute! Schaut dieses hölzerne blutige Königshaupt an, das ich hier hoch emporhalte. Es wurde, als es noch auf dem Rumpfe saß, durch diesen Draht regiert, den Draht regierte wieder meine Hand, und so fort bis ins Geheimnisvolle, wo das Regiment nicht mehr zu bestimmen ist. Dieses Haupt ist ein königliches, ich aber, der an dem Drahte zog, dass es so oder so nickte oder schüttelte, bin ein ganz gewöhnlicher Kerl und komme im Staate in gar keine Betrachtung. Wie könntet ihr euch also wohl gegen diesen Holofernes erzürnen, wenn er nickte oder schüttelte, wie ich es wollte? – Ich denke, ihr findet meine Rede vernünftig, Landleute! – Doch aber scheint der Zorn über dieses hölzerne Haupt, sich bestimmt auf das Haupt eures Schulzen übertragen zu haben – und das finde ich unbillig. – Ich will mich bildlich auszudrücken suchen: Mein Holofernes spielt nicht nach eurem Willen; wohlan, so schlagt mich, den gemeinen Kerl, auf die Hände, dass mein Minister, der Draht, den ich anziehe, eine andere Richtung bekommt, und durch diese wieder der Königskopf anmutiger und verständiger nicke oder schüttle. Was hat euch dieser arme Kopf getan, dass ihr so mit ihm umspringt; er ist das mechanischste Ding auf der Welt, und es wohnt nicht einmal ein Gedanke in ihm. Fordert doch von diesem Kopf keine Freiheit, da er selbst nichts Analoges davon in sich enthält. – Auch ist es ein missliches Ding um das, was ihr Freiheit scheltet, ist es doch nicht das Marionettenspiel allein, was ihr heute gesehen habt, wo dem hölzernen Könige der Kopf ohne weiteren Erfolg vom Rumpfe geschlagen wird, sondern ich habe dergleichen von noch fehlerhafterer Natur in meinem Kasten, wo der Dichter dem Stoffe nicht gewachsen war, und er nach Art politischer Poeten, die Republik, an der er dichtete, zu einer Despotie verpfuschte. Ich kann dergleichen vor euch aufführen! – Unrecht bleibt es auch immer solche widernatürliche Strafen zu exerzieren, als z. B. da auf das Köpfen zu bestehen, wo sich kein Kopf vorfindet, denn dieser hölzerne ist bloß für das Auge da, und zum Glück verstehe ich es, ihn wieder auf den Rumpf zu setzen, was nicht in jedem ähnlichen Falle glücken dürfte. Und wehe meinen armen Marionetten, wenn es einmal einem wirklichen Kopfe einfiele, den hölzernen hier in meiner Hand ersetzen zu wollen, und jener nun auf seine Weise nickte und schüttelte und den Draht ganz abrisse – da könnte eine Posse sich leicht zu einer ernsten Tragödie revolutionieren! – Ich denke, ich habe genug gesagt, Landleute!« –

Die Menschheit ist im Ganzen, wenn sie nicht gerade an fixen Ideen leidet, eine ehrliche einfältige Haut, und sie findet sich leicht in das Entgegen-

90

gesetzteste; ja ich glaube sie kann sich, wenn sie heute ein leichtes Band, das sie fesselte, zerrissen hat, morgen mit eben dem Enthusiasmus in Ketten werfen lassen. Einer der droben zuschaut, muss mit dem Volk Mitleid haben. So gaben auch heute meine Bauern das Revolutionieren gutmütig wieder auf und ließen dagegen ihren Schulzen hochleben; leider nur verwandelte sich diese Freude der lebenden Akteure in bitteres Leid für meine hölzernen.

Wir Direktoren erwachten nämlich in der folgenden Nacht von einem anhaltenden Geräusch, das vom Theater her erschallte; anfangs schoben wir es auf Rollenneid oder eine unter der Truppe ausgebrochene Kabale, als wir uns aber näher zu unterrichten suchten, fanden wir unten den Schulzen, dem ich eben das Haupt wieder auf dem Rumpfe befestigt hatte, mit dem Holofernes in der Hand, und von Gerichtsdienern begleitet, die die ganze Truppe im Namen des Staates zu Gefangenen machten, weil man sie für politisch gefährlich erklärte. Alle meine Einreden waren vergeblich, und sie zogen vor meinen Augen mehrere Könige und Herren, als den Salomo, Herodes, David, Alexander usw., aus dem Kasten, um sie fortzuschleppen. So inkonsequent verfährt der Staat gegen seine eigenen Repräsentanten! – Der letzte Mann war mein Hanswurst; ich erniedrigte mich für ihn fast zu Bitten – allein man tat mir kund, dass durch ein strenges Zensuredikt alle Satire im Staate ohne Ausnahme verboten sei, und man sie schon zum Voraus in den Köpfen konfisziere. Mit Mühe erhielt ich es, nur auf einen Augenblick noch mit ihm abseits zu treten; ich nahm ihn mit mir hinter eine Kulisse, und hier in der Einsamkeit drückte ich unbelauscht seinen hölzernen Mund an den meinigen und vergoss die zweite Träne, denn er war außer Ophelia das einzige Wesen, das ich in der Welt wahrhaftig geliebt hatte. –

Mein Mitdirektor ging den ganzen darauffolgenden Tag wie ein Träumender umher, und am Abend fand man ihn, weil er die angesagte Tragikomödie nicht schuldig bleiben wollte, auf der Bühne an einer Wolke erhängt.

So traurig endete auch dieses Unternehmen, und ich suchte nun endlich mit Ernst, von den Mühseligkeiten des Lebens ermüdet, mich unter den Menschen um einen soliden Posten zu bewerben. Es geht doch nichts auf Erden über das Bewusstsein nützlich zu sein und ein festes Gehalt zu genießen; – der Mensch ist nicht Kosmopolit allein, er ist auch Staatsbürger! – Das Nachtwächteramt war eben vakant geworden, und ich glaubte mich allenfalls tüchtig, ihm mit Ehre vorzustehen. Die Welt ist jetzt sehr gebildet, und man fordert mit Recht große Talente von jedem einzelnen Bürger. –

Wohl dem der Konnexionen hat – es gelang mir bei dem Diener des Ministers Zutritt zu erhalten, er hatte gerade seine gute Stunde, und empfahl mich seinem Herrn; so wurde ich die Staatsleiter immer höher gehoben und ging aus einer Hand in die andere, bis zur obersten Sprosse, wo ich einen Fußfall wagte, und man mir gnädig Hoffnung zum Nachtwächter machte. – Eine nähere Prüfung in der ich dartun musste, ob ich teils einen gemäßigten Vortrag besäße, um den Monarchen, wenn er schliefe, nicht aus dem Schlaf zu wecken, teils aber auch einen angenehmen und gebildeten, um in schlaflosen Nächten seinen musikalischen Sinn nicht zu beleidigen, fiel nicht ganz unglücklich aus, und ich hatte die Freude mich, nachdem mir vorher noch weiteres Studium angelegentlich empfohlen war, als Nachtwächter angestellt zu sehen.

Sechzehnte Nachtwache

Ich wünschte dieses Ultimatum und Hogarthsche Schwanzstück meiner Nachtwachen recht deutlich vor jedermanns Augen ausmalen zu können; leider aber fehlen mir die Farben in der Nacht dazu, und ich kann nichts als Schatten und luftige Nebelbilder vor dem Glase meiner magischen Laterne hinfliehen lassen.

Wenn ich in der Laune bin, Könige und Bettler in eine recht lustige brüderliche Gesellschaft zusammenzustellen, so wandle ich auf dem Kirchhof über ihre Gräber hin und denke sie mir, wie sie da unten im Boden friedlich nebeneinander liegen, im Stande der größten Freiheit und Gleichheit, und nur in ihrem Schlaf satirische Träume haben und hämisch aus den Augenhöhlen grinsen. Unten sind sie Brüder, nur oben aus dem Rasen ragt höchstens noch ein moosiger Stein herauf, woran die alten zerschlagenen Wappen des Großen hängen, indes auf dem Grabe des Bettlers nur eine wilde Blume sprosst, oder eine Nessel. –

Ich besuchte auch in dieser Nacht meinen Lieblingsort, dieses Vorstadttheater, wo der Tod dirigiert und tolle poetische Possen als Nachspiele hinter den prosaischen Dramen aufführt, die auf dem Hof- und Welttheater dargestellt werden. Es war eine schwüle drückende Luft, und der Mond schaute nur heimlich zu den Gräbern herab, und blaue Blitze flogen dann und wann an ihm vorüber. Ein Poet meinte, die zweite Welt lausche in die untenliegende herunter – ich hielt es nur für äffenden Widerhall und matten täuschenden Lichtschein, der noch eine Weile dem versunkenen Leben nachgaukelt; wie der abgestorbene faulende Baum noch eine Zeitlang des Nachts zu glänzen scheint, bis er ganz in Staub zerfällt. –

Ich war unwillkürlich an dem Denkmal eines Alchimisten stehen geblieben; ein alter kräftiger Kopf starrte aus dem Steine hervor, und unverständliche Zeichen aus der Kabbala waren die Inschrift.

Der Poet trieb sich eine Zeitlang unter den Gräbern herum und besprach sich abwechselnd mit auf dem Boden liegenden Schädeln, um sich in Feuer zu setzen, wie er sagte; mir wurde es langweilig, und ich schlief darüber am Denkmale ein.

Da hörte ich im Schlafe das Gewitter aufsteigen, und der Poet wollte den Donner in Musik setzen und Worte dazu dichten, aber die Töne ordneten sich nicht, und die Worte schienen zu zersprengen und in einzelnen unverständlichen Silben durcheinander zu fliehen. Dem Poeten stand der Schweiß auf der Stirn, weil er keinen Verstand in sein Naturgedicht bringen konnte – der Narr hatte das Dichten bisher nur auf dem Papiere versucht.

Der Traum verwickelte sich immer tiefer. Der Poet hatte sein Blatt von neuem ergriffen und versuchte zu schreiben; zur Unterlage diente ihm ein Schädel – er begann wirklich, und ich sah den Titel vollendet:

Gedicht über die Unsterblichkeit

Der Schädel grinste tückisch unter dem Blatte, der Poet hatte kein Arg daraus und schrieb den Eingang zum Gedichte, worin er die Phantasie anrief, ihm zu diktieren. Darauf hub er mit einem grausenden Gemälde des Todes an, um zuletzt die Unsterblichkeit desto glänzender vorführen zu können, wie den hellen strahlenden Sonnenaufgang nach der tiefsten dunkelsten Nacht. Er war ganz in seine Phantasien vertieft und bemerkte es nicht, dass sich um ihn her alle Gräber geöffnet hatten, und die Schläfer unten boshaft lächelten, doch ohne sich zu bewegen. Jetzt stand er am Übergange und fing an die Posaunen zu blasen und viele Zurüstungen zum Jüngsten Tage zu machen. Eben war er im Begriff alle Tote zu erwecken, da schien es, als ob etwas Unsichtbares seine Hand hielte, und er blickte verwundert auf – und unten in den Schlafkammern lagen sie noch alle still und lächelten, und niemand wollte erwachen. Schnell ergriff er die Feder von neuem und rief heftiger und setzte eine starke Begleitung von Donner und Posaunenschall zu seiner Stimme – umsonst, sie schüttelten nur alle unmutig unten und wandten sich auf die andere Seite von ihm weg, um ruhiger zu schlafen und ihm die nackten Hinterköpfe zu zeigen. – »Wie, ist denn kein Gott!« rief er wild aus, und das Echo gab ihm das Wort »Gott!« laut und vernehmlich zurück. Jetzt stand er ganz einfältig da und kaute an der Feder. »Der Teufel hat das Echo erschaffen!« sagte er zuletzt – »Weiß man doch nicht zu unterscheiden, ob es bloß äfft, oder ob wirklich geredet wird!«

Er setzte noch einmal rasch an, doch die Schriftzüge kamen nicht zum Vorscheine; da steckte er abgespannt und fast gleichmütig die Feder hinter das Ohr und sagte monoton: »Die Unsterblichkeit ist widerspenstig, die Verleger zahlen bogenweis und die Honorare sind heuer sehr schmal; da wirft dergleichen Schreiberei nichts ab, und ich will mich wieder in die Dramen werfen!« –

Ich erwachte bei diesen Worten, und mit dem Traume war auch der Poet vom Kirchhof verschwunden; aber an meiner Seite saß ein braunes Böhmerweib und schien aufmerksam in meinen Gesichtszügen zu lesen. Ich erschrak fast vor der großen gigantischen Gestalt und vor dem dunkeln Antlitz, in das ein seltsam barockes Leben mit eben so grellen Zügen niedergeschrieben schien. »Gib mir die Hand, Blanker!« sagte sie geheimnisvoll, und ich reichte sie ihr unwillkürlich hin.

Je stärker und sicherer der Mensch sich selbst gefasst hält, um so läppischer erscheint ihm alles Geheimnisvolle und Wunderbare, vom Freimaurerorden an, bis zu den Mysterien einer zweiten Welt. Ich schauderte heute zum ersten Male etwas, denn das Weib las aus meiner Hand mein ganzes voriges Leben, wie aus einem Buche mir vor, bis hin zu dem Augenblicke, wo ich als ein Schatz gehoben wurde (s. die vierte Nachtwache). Darauf sagte sie: »Sollst auch deinen Vater sehen, Blanker; schau dich um, er steht hinter dir!« – Ich wandte mich rasch – und der ernste steinerne Kopf des Alchimisten blickte mich starr an. Sie legte die Hand auf ihn und sagte sonderbar lächelnd: »Der ist's! Und ich bin die Mutter!«

Das gab eine tolle rührende Familienszene – die braune Zigeunermutter und der steinerne Vater, der halb aus der Erde hervorragte, als wollte er den Sohn halsen und an die kalte Brust drücken. Um die Familiengruppe zu runden umarmte ich beide, und als ich so mitten inne saß, erzählte das Weib im Bänkelsängervortrag:

»Es war in der Christnacht, als dein Vater den Teufel bannen wollte – er las aus dem Buche, und ich leuchtete dazu mit drei besprochenen Kerzen – unter dem Boden lief es hin, wie wenn die Erde Wellen schlüge, und das Licht brannte blau. Wir hielten jetzt an der Stelle, wo dem Himmel entsagt und der Hölle geschworen wird, und blickten uns eine Weile schweigend an. ›Es ist zur Abwechslung!‹ sagte dann dieser Steinerne und las die Stelle laut und vernehmlich – zwischen uns lachte es leise, wir lachten laut mit, um nicht albern dazustehen. Nun fing es an in der Nacht um uns her sein Wesen zu treiben, und wir merkten, dass wir nicht allein waren.
Ich schmiegte mich in dem gezogenen Kreise dicht an deinen Vater, wir berührten zufällig das Zeichen des Erdgeistes und wurden warm beisammen. Als der Teufel erschien, erblickten wir ihn nur noch mit halb geöffneten Augen – es war grade der Moment, in dem du entstandest! – Jener war recht bei Laune und erbot sich Patenstelle zu vertreten; er mochte ein angenehmer Mann in seinen besten Jahren sein, und ich erstaune über die Ähnlichkeit, die du mit ihm hast; nur siehst du finsterer aus, was du dir noch abgewöh-

94

nen dürftest. Als du geboren wurdest, hatte ich so viel Gewissenhaftigkeit dich in christliche Hände zu übergeben und spielte dich darum jenem Schatzgräber zu, der dich erzog. – Das ist deine Familiengeschichte, Blanker!« – Welch ein helles Licht nach dieser Rede in mir aufging, das können sich nur Psychologen vorstellen; der Schlüssel zu meinem Selbst war mir gereicht, und ich öffnete zum ersten Male mit Erstaunen und heimlichem Schauder die lang verschlossene Tür – da sah es aus wie in Blaubarts Kammer, und es hätte mich erwürgt, wäre ich minder furchtlos gewesen. Es war ein gefährlicher psychologischer Schlüssel!

Ich möchte mich selbst, wie ich bin, geschickten Psychologen zur Sezierung und Anatomierung vorlegen, um zu sehen, ob sie das aus mir herauslesen würden, was ich jetzt wirklich las – dieser Zweifel soll übrigens der Wissenschaft selbst nicht zu nahe treten, die ich wahrlich hoch schätze, weil sie es sich nicht verdrießen lässt an einen so hypothetischen Gegenstand, als die Seele ist, Zeit und Mühe zu verschwenden.

Ich mochte einige von den Betrachtungen, die ich über mich selbst in diesem Augenblicke gemacht hatte, laut geäußert haben, denn die Zigeunerin sprach wie ein Orakel: »Es ist größer die Welt zu hassen, als sie zu lieben; wer liebt begehrt, wer hasst, ist sich selbst genug und bedarf nichts weiter als seinen Hass in der Brust und keinen dritten!«

Die Worte dienten ihr zur Parole, und ich erkannte durch sie, dass sie zu meiner Familie gehöre. – Nach einer Weile sagte sie ganz heimlich: »Ich möchte den Alten da unten in seinem letzten chemischen Prozesse, den er mit sich selbst anstellt, wohl noch einmal sehen; er liegt schon lange im Boden – ob wohl noch was von ihm übrig ist? – Wir wollen's doch anschauen!« – Nach diesen Worten schlich sie über Schädel und Totenknochen hin nach dem Gebeinhause, kehrte mit Schaufel und Hacke zurück und grub sich still und geheimnisvoll in die Erde.

Ich ließ sie bei der sonderbaren Arbeit allein, denn drüben wandelte einer mit vielen Ausbeugungen und Krümmungen um die Gräber hin, wie wenn er ihm im Wege stehenden Gestalten auswiche; oft schien er zu lächeln, oft aber wandte er sich erschrocken und zitternd ab und floh einige Schritte, bis er wieder vor einem neuen Gegenstand zurückzubeben schien. – Als ich ihm nahe war, fasste er meine Hand und sagte tiefaufatmend: »Gottlob ein Lebender! Begleite mich nur bis zu jenem Grabe!« – Ich hielt's für Wahnsinn und schritt mit ihm fort, um das Ende zu erwarten, oft drängte er mich, wenn ich einem Grabe zu nahe kam, zurück, dass ich die Luft darüber nicht berühren sollte, zuletzt aber schien er mehr Mut zu fassen und ruhte eine Weile zwischen drei großen Monumenten aus; es waren umgestürzte Säulen, und an den Tafeln standen die Namen verstorbener Fürsten.

»Hier können wir etwas verziehen«, sagte er, denn über den Gräbern steht nichts als Stein und Denkmal, und drunten im Boden mag höchstens noch eine Handvoll Staub neben den Kronen und Zeptern zu finden sein; solche großen Herren vergehen schnell, weil sie im Überfluss genießen und schon im Leben eine große Masse erdiger Teile in sich aufnehmen.«

Ich sah ihn erstaunt an, da fuhr er fort: »Ihr haltet mich wohl gar für toll; aber darin irrt Ihr! Ich betrete diese Orte nicht gern, denn ich habe einen wunderbaren Sinn mit auf die Welt gebracht und erblicke wider meinen Willen auf Gräbern die darunter liegenden Toten mehr oder minder deutlich, nach den Graden ihrer Verwesung. [Ein Beispiel dieser originellen Geisterseherei findet sich, wenn ich nicht irre, in *Moritz* Magazin der Erfahrungsseelenkunde.] Solange der Verstorbene unten noch unversehrt ist, so lange steht für mich seine Gestalt deutlich über der Gruft, und nur wenn der Körper sich mehr und mehr auflöst, verliert sich auch das Bild in Schatten und Nebel und verfliegt zuletzt ganz wenn das Grab leer ist. – Die weite Erde ist zwar ein einziger Gottesacker, aber die Gestalten der Verwesten nehmen eine freundlichere Gestalt an und blühen als schöne Blumen wieder auf; – hier aber stehen sie noch alle deutlich umher und blicken mich an, dass ich erschrocken vor ihnen zurückweiche. Nichts sollte mich auch bewegen diese Stätte zu betreten, wenn mich nicht eine Schäferstunde hier erwartete!«

»Da hätte Euer Liebchen auch einen freundlichern Ort für Euch erwählen sollen!« sagte ich unwillig über seine unbekannte Schöne, als er eine Weile innehielt.

»Sie ist dazu gezwungen!« antwortete er. – »Denn sie hat hier ihre Wohnung aufgeschlagen!«

Jetzt begriff ich's und verstand ihn, als er auf ein fernes Grab deutete – »Dort unten ruht sie – sie starb in der Blüte, und ich kann nur hier nach ihrem Brautbette wandeln. Sie lächelt mir schon aus der Ferne entgegen, und ich muss eilen; denn seit einiger Zeit wird die Gestalt immer luftiger, und nur das Lächeln um die Lippen ist noch ganz deutlich.« –

»Das ist doch mindestens einmal eine etwas ungewöhnliche Liebschaft, die ich erlebe«, setzte ich hinzu, »übrigens ist auf der Erde nichts langweiliger als ein Verliebter!« –

Wir wandelten jetzt weiter fort, und er entwarf mir im Gehen noch flüchtig einige Skizzen von den Inhabern der Wohnungen, an denen wir vorbei mussten.

»Dort hat sich ein Hofnarr noch gut gehalten, er steht vollkommen da, bis auf den Spott und die Satire in seinen Mienen. – Hier harrt ein Poet der Auferstehung entgegen, aber von ihm selbst ist nur wenig noch dazu vorhanden, denn ich sehe bloß leichten Duft und muss die Phantasie anstrengen, etwas

Gescheites hineinzufinden. – Da erblicke ich eine Mutter mit dem Kinde an der Brust, und beide lächeln! – (Es erschütterte mich, denn es war grade das Grab der Ophelia!) – Hier liegen ein Finanzier und ein Politiker beisammen, aber an beiden ist schon vieles defekt. – Jenes soll das Grab eines berühmten Geizhalses sein, er hält noch mit der schon verschwindenden Hand den Zipfel seines Leichentuches fest!« –

Jetzt waren wir zur Stelle, und er bat mich ihn zu verlassen; aus der Ferne sah ich nur noch wie er die Luft umarmte und heiße Küsse ausströmte – es war eine recht seltsame Schäferstunde! – – –

Indes hatte die Wahrsagerin das Grab des Vaters gesprengt, und der morsche Sarg hob sich aus dem Boden; neugierig glitt das Mondlicht an den halb verwitterten Schildern und Verzierungen hinab, und das Kruzifix auf dem Deckel blinkte hell und weiß. Mir war doch ungewöhnlich zumute, als die alte graue Vergangenheit noch einmal sich in der Gegenwart umsah, und die letzte Wiege des Vaters, die ihn in den langen Schlummer wiegte, heraufstieg. Ich zögerte den Deckel zu heben und redete in der Pause, um mir selbst Mut zu machen, einen Wurm an, den ich ergriff, als er sich eben bei dem Sarge aus dem Boden wühlte:

»Außer den Favoriten und Günstlingen der Großen und Herren, gibt es nur noch ein Völkchen, das es sich recht eigentlich an den Brüsten der Majestät wohl sein lässt; und zu diesem gehörst du, Minierer! Der König ernährt sich von dem Marke seines Landes, und du dich wieder von dem König selbst, um die verstorbene Majestät, wie Hamlet sagt, nach einer Reise durch drei oder vier Mägen, wieder in den Schoß, oder mindestens in den Bauch ihrer getreuen Untertanen zu führen. An dem Gehirn wie vieler Könige und Fürsten hast du dich gemästet, du fetter Schmarotzer, bis du zu diesem Grade von Wohlbeleibtheit gekommen bist? Den Idealismus wie vieler Philosophen hast du auf diesen deinen Realismus zurückgeführt? Du bist ein unwiderlegbarer Beleg für die reelle Nützlichkeit der Ideen, da du dich an der Weisheit so mancher Köpfe wacker gemästet hast. – Dir ist nichts mehr heilig, weder Schönheit noch Hässlichkeit, weder Tugend noch Laster; alles umwindest du, Laokoons Schlange, und beurkundest deine intensive Erhabenheit an dem ganzen Menschengeschlechte. Wo ist jetzt das Auge, das so bezaubernd lächelte oder so drohend gebot – Du Satiriker sitzest allein in der leeren Knochenhöhle und schauest frech und boshaft um dich und machst das Haupt zu deiner Wohnung und zu etwas noch schlechterem, in dem sonst die Pläne eines Cäsar und Alexander geboren wurden. Was ist nun dieser Palast, der eine ganze Welt und einen Himmel in sich schließt; dieses Feenschloss, in dem der Liebe Wunder bezaubernd gaukeln; dieser Mikrokosmos, in dem alles, was groß und herrlich, und alles Schreckliche und Furchtbare im Keime nebeneinander liegt, der Tempel gebar und Götter, Inquisitionen und Teufel; dieses Schwanzstück der Schöpfung – das Menschenhaupt! – – die Behausung eines Wurmes. – – – O was ist die Welt, wenn dasjenige, was sie dachte, nichts ist und alles darin nur vorüberfliegende Phantasie! – Was sind die Phantasien der Erde, der Frühling und die Blumen, wenn die Phantasie in diesem kleinen Rund verweht, wenn hier im inneren Pantheon alle Götter von ihren Fußgestellen stürzen, und Würmer und Verwesung einziehen. O rühmt mir nichts von der Selbstständigkeit des Geistes – hier liegt seine zerschlagene Werkstatt, und die tausend Fäden, womit er das Gewebe der Welt webte, sind alle zerrissen, und die Welt mit ihnen. – – Auch der Alte hier in seiner Kammer wird schon seine Theaterkleider abgeworfen haben, und dieser boshafte Bube, in meiner Hand, kommt vielleicht eben von dem Kehraus, dem er hier in der väterlichen Behausung beigewohnt hat; – doch mag's sein – ich will ergrimmt in das Nichts schauen und Brüderschaft mit ihm machen, damit ich keine menschlichen Reste mehr verspüre, wenn es auch mich zuletzt ergreift!«

Ich war jetzt stark und wild genug den Deckel zu heben, ob ich gleich fühlte, dass dieser Grimm und Zorn, wie alles Übrige, auch mit zum Nichts gehöre. –

Wie seltsam – als das stille Schlafkämmerchen sich auftat, in dem ich keinen Schläfer mehr erwartete, lag er noch unversehrt auf dem Kissen, mit blassem ernsten Gesichte und schwarzen krausen Haaren um Schläfe und Stirn; es war noch die abgeformte Büste vom Leben, die hier in dem unterirdischen Museum des Todes zur Seltenheit aufbewahrt wurde, und der alte Schwarzkünstler schien dem Nichts Trotz bieten zu wollen.

»So sah er aus, als er den Teufel bannte!« sagte die Wahrsagerin. »Nur haben sie ihm nachher die Hände gefaltet, dass er hier unten wider Willen beten muss!« – – »Und warum betet er denn?« fragte ich zornig. »Da drüben über uns im Himmelssee funkeln und schwimmen zwar unzählige Sterne, aber wenn es Welten sind, wie viele kluge Köpfe behaupten, so gibt es auch Schädel auf ihnen und Würmer, wie hier unten; das geht so fort durch die ganze Unermesslichkeit, und der Baseler Totentanz wird dadurch nur um so lustiger und wilder und der Ballsaal größer – O wie sie alle, die auf den Gräbern umherlaufen und auf einer tausendfach geschichteten Lava vergangener Geschlechter – wie sie alle nach Liebe wimmern und nach einem großen Herzen über den Wolken, woran sie mit allen ihren Erden einst ruhen können! Wimmert nicht länger – diese Myriaden von Welten sausen in allen ihren Himmeln nur durch eine gigantische Naturkraft, und diese schreckliche Gebärerin, die alles und sich selbst mit geboren hat, hat kein Herz in der eigenen Brust, sondern formt nur kleine zum Zeitvertreib, die

98

sie umher verteilt – haltet euch an diese und liebt und girrt, solange diese Herzen noch zusammenhalten! – Ich will nicht lieben und recht kalt und starr bleiben, um womöglich dazu lachen zu können, wenn die Riesenhand auch mich zerdrückt!« –

»Der alte Schwarzkünstler scheint zu meiner Rede zu lachen! Weißt du es etwa besser, Teufelsbanner – und steigt über diesem zertrümmerten Pantheon ein neues herrlicheres auf, das in die Wolken reicht, und in dem sich die kolossalen ringsumher dasitzenden Götter wirklich aufrichten können, ohne sich an der niedern Decke die Köpfe zu zerstoßen – – wenn es wahr wäre, so möchte es zu rühmen sein, und es dürfte schon die Mühe verlohnen zuzuschauen, wie mancher unermessliche Geist auch seinen unermesslichen Spielraum erhielte und nicht mehr zu würgen brauchte und zu hassen, um groß zu sein, sondern frei in die Himmel emporsteigen könnte, um dort sein strahlendes Gefieder auszubreiten. – Der Gedanke könnte mich fast erhitzen! – Nur alle dürften sie mir nicht erstehen wollen; alle nicht! – Was wollten so viele Pygmäen und Krüppel in dem großen herrlichen Pantheon, in dem nur die Schönheit thronen soll, und die Götter! O man schämt sich dieser Gesellschaft ja oft genug schon auf Erden, wie könnte man den Himmel mit ihnen gemeinschaftlich teilen! – Nur ihr mögt euch aus dem Schlummer erheben, ihr großen königlichen Häupter, die ihr mit den Diademen in der Weltgeschichte erscheint, und ihr begeisterten Sänger, die ihr von den Königlichen entzückt redet und sie verherrlicht! Die andern mögen ruhig schlafen und recht sanft, auch angenehme Träume haben, die gönne ich ihnen von Herzen!« –

»Mit dir, alter Alchimist, möchte ich den Weg schon antreten; nur betteln sollst du mir nicht um den Himmel – nicht betteln – lieber ertrotze ihn, wenn du Kraft hast. Die stürzenden Titanen sind mehr wert, als ein ganzer Erdball voll Heuchler, die sich ins Pantheon durch ein wenig Moral und so und so zusammengehaltene Tugend schleichen möchten! Lass uns dem Riesen der zweiten Welt gerüstet entgegengehen; denn nur, wenn wir unsere Fahne dort aufpflanzen, sind wir es wert, dort zu wohnen! – Lass das Betteln; ich reiße dir die Hände mit Gewalt auseinander!« – –

»Wehe! Was ist das – bist auch du nur eine Maske und betrügst mich? – Ich sehe dich nicht mehr Vater – wo bist du? – Bei der Berührung zerfällt alles in Asche, und nur auf dem Boden liegt noch eine Handvoll Staub, und ein paar genährte Würmer schleichen sich heimlich weg, wie moralische Leichenredner, die sich beim Trauermahle übernommen haben. Ich streue diese Handvoll väterlichen Staub in die Lüfte und es bleibt – Nichts!«

»Drüben auf dem Grab steht noch der Geisterseher und umarmt Nichts!«

»Und der Widerhall im Gebeinhause ruft zum letzten Male – *Nichts!* –

Nova Giulianiad
Saitenblätter für die Gitarre und Laute
Herausgegeben von Joerg Sommermeyer
i. V. m. d. Internationalen Gitarristischen Vereinigung
ISSN: 0254-9565
Orlando Syrg, Freiburg i. Brsg., 1983-1988

Josefa Gerhäuser
Leben will ich
Gedichte und Assoziationen
Herausgegeben von JS (Joerg Sommermeyer)
Orlando Syrg Taschenbuch, OrSyTa 12002, Freiburg i. Brsg. 2002

Joerg Sommermeyer
Anton Unbekannt
Pathoaphysischer Antiroman
Tragigroteskenfragment
Herausgegeben von Georg J. Feurig-Sorgenfrei
Orlando Syrg Taschenbuch, 1. Aufl., OrSyTa 12009, Berlin 2009

Joerg K. Sommermeyer (Hg.)
Balleinrubin: Ball, Einstein, Rubiner
Hugo Ball: Tenderenda der Phantast
Carl Einstein: Bebuquin oder die Dilettanten des Wunders
Ludwig Rubiner: Gedichte, Kritiken, Manifeste
Herausg. u. mit einem Nachwort versehen von Joerg K. Sommermeyer
Orlando Syrg Taschenbuch, 1. Aufl., OrSyTa 12017, Berlin 2017

Franz Treller
Nikunthas, König der Miami
Eine Abenteuererzählung aus Nordamerika
Anhang: **Indianer-Gedanken** von Oskar Panizza
und **Die blaue Schlange** von Fritz von Ostini
Vollst. rev. und neu bearb. von Georg J. Feurig-Sorgenfrei
Hrsg. und mit einem Nachw. vers. von Joerg Sommermeyer
Kollektion Abenteuer- & Reiseerzählungen / KAR 1
Orlando Syrg Taschenbuch, 1. Aufl., OrSyTa 22009, Berlin 2010
2. Aufl., OrSyTa 22017, Berlin 2017

Joerg K. Sommermeyer
Vernimm mein Schreien
Pathoaphysischer Antiroman
Tragigroteskenfragment
Herausgegeben von Georg J. Feurig-Sorgenfrei
Orlando Syrg Taschenbuch, 3. durchgesehene, verb. und um einen Anhang erw.
Aufl. von *"Anton unbekannt"*; Neufassung; OrSyTa 112018, Berlin 2018

Joerg K. Sommermeyer
Lieblingsmärchen
[Andersen, 1001 Nacht, von Arnim, Bechstein, Brentano, de la Motte Fouqué, Brüder Grimm, Hauff, Hebel, Hoffmann. Hofmannsthal, Keller, Möeike, von Sternberg, Stevenson, JS, Storm]
Ausgewählt, zusammengestellt, durchgesehen und revidiert, herausgegeben und mit
einem Nachwort versehen von Joerg K. Sommermeyer
Kollektion Abenteuer- & Reiseerzählungen / KAR 2
Orlando Syrg Taschenbuch, 1. Aufl., OrSyTa 42017, Berlin 2017
2. erw.Aufl., OrSyTa 22018, Berlin 2018

Joerg K. Sommermeyer (Hg.)
Franz Kafkas Romane
Der Verschollene (Amerika), Der Prozess, Das Schloss
Durchgesehen, revidiert und herausgegeben von Joerg K. Sommermeyer
Reihe alte Tradition Azurcelesteblueoscuro / RAT ACBO 1
Exemplarische Werke der Weltliteratur
Orlando Syrg Taschenbuch, 1. Aufl., OrSyTa 52017, Berlin 2017

Joerg K. Sommermeyer (Hg.)
Franz Kafkas Erzählungen
Durchgesehen, revidiert und herausgegeben von Joerg K. Sommermeyer
Reihe alte Tradition Azurcelesteblueoscuro / RAT ACBO 2
Exemplarische Werke der Weltliteratur
Orlando Syrg Taschenbuch, 1. Aufl., OrSyTa 12018, Berlin 2018

Joerg K. Sommermeyer (Hg.)
Heinrich von Kleists Erzählungen, Anekdoten und Essays
Durchgesehen, revidiert und mit einem biographischen Abriss
herausgegeben von Joerg K. Sommermeyer
Reihe alte Tradition Azurcelesteblueoscuro / RAT ACBO 3
Exemplarische Werke der Weltliteratur
Orlando Syrg Taschenbuch, 1. Aufl., OrSyTa 32018, Berlin 2018

Joerg K. Sommermeyer (Hg.)

Christian Morgensterns Galgenlieder und Palmström

Durchgesehen, revidiert und mit einem biographischen Abriss
herausgegeben von Joerg K. Sommermeyer
Reihe alte Tradition Azurcelesteblueoscuro / RAT ACBO 4
Exemplarische Werke der Weltliteratur
Orlando Syrg Taschenbuch, 1. Aufl., OrSyTa 42018, Berlin 2018

Joerg K. Sommermeyer (Hg.)

Robert Müllers Tropen

Der Mythos der Reise
Urkunden eines deutschen Ingenieurs
Durchgesehen und revidiert, herausgegeben und mit einem
Nachwort versehen von Joerg K. Sommermeyer
Kollektion Abenteuer- & Reiseerzählungen / KAR 3
Orlando Syrg Taschenbuch, 1. Aufl., OrSyTa 52018, Berlin 2018

Joerg K. Sommermeyer (Hg.)

Taugenichts et cetera

Eichendorff, Chamisso, Büchner
Aus dem Leben eines Taugenichts
Peter Schlemihls wundersame Geschichte
Lenz
Durchgesehen, revidiert und mit einem Nachwort
herausgegeben von Joerg K. Sommermeyer
Reihe alte Tradition Azurcelesteblueoscuro / RAT ACBO 5
Exemplarische Werke der Weltliteratur
Orlando Syrg Taschenbuch, 1. Aufl., OrSyTa 62018, Berlin 2018

Joerg K. Sommermeyer (Hg.)

Künstlerbetrachtungen

Diderot, Wackenroder, Hoffmann
Rameaus Neffe, Joseph Berglinger, Johannes Kreisler, Kater Murr
Durchgesehen, revidiert und mit einem Nachwort
herausgegeben von Joerg K. Sommermeyer
Reihe alte Tradition Azurcelesteblueoscuro / RAT ACBO 6
Exemplarische Werke der Weltliteratur
Orlando Syrg Taschenbuch, 1. Aufl., OrSyTa 72018, Berlin 2018

Joerg K. Sommermeyer (Hg.)
Rainer Maria Rilkes Gedichte
Stunden-Buch, Buch der Bilder, Neue Gedichte, Der neuen Gedichte anderer Teil,
Requiem, Das Marien-Leben, Duineser Elegien, Die Sonette an Orpheus
Durchgesehen, revidiert und mit einem Nachwort
herausgegeben von Joerg K. Sommermeyer
Reihe alte Tradition Azurcelesteblueoscuro / RAT ACBO 7
Exemplarische Werke der Weltliteratur
Orlando Syrg Taschenbuch, 1. Aufl., OrSyTa 92018, Berlin 2018

Joerg K. Sommermeyer (Hg.)
Rainer Maria Rilkes Prosa
Dichtungen in Prosa, Die Weise von Liebe und Tod des Cornets Christoph Rilke,
Die Aufzeichnungen des Malte Laurids Brigge, Erzählungen und Skizzen,
Geschichten vom lieben Gott, Auguste Rodin, Aufsätze und Besprechungen
Durchgesehen, revidiert und mit einem Nachwort
herausgegeben von Joerg K. Sommermeyer
Reihe alte Tradition Azurcelesteblueoscuro / RAT ACBO 8
Exemplarische Werke der Weltliteratur
Orlando Syrg Taschenbuch, 1. Aufl., OrSyTa 102018, Berlin 2018

Joerg K. Sommermeyer (Hg.)
Drei alte Erzählungen
Die Judenbuche (Droste-Hülshoff), Die schwarze Spinne (Gotthelf),
Krambambuli (Ebner-Eschenbach)
Durchgesehen, revidiert und mit einem Nachwort
herausgegeben von Joerg K. Sommermeyer
Reihe alte Tradition Azurcelesteblueoscuro / RAT ACBO 9
Exemplarische Werke der Weltliteratur
Orlando Syrg Taschenbuch, 1. Aufl., OrSyTa 122018, Berlin 2018

Joerg K. Sommermeyer (Hg.)
James Fenimore Coopers The Last of the Mohicans
Der letzte Mohikaner
A Narrative of 1757 / Eine Erzählung aus dem Jahre 1757
Deutsch nach der Übersetzung von J. F. L. Tafel,
revidiert und neu bearbeitet von Georg J. Feurig-Sorgenfrei
Herausgegeben und mit einem Nachwort versehen von Joerg K. Sommermeyer
Kollektion Abenteuer- & Reiseerzählungen / KAR 4
Orlando Syrg Taschenbuch, 1. Aufl., OrSyTa 132018, Berlin 2018

Joerg K. Sommermeyer (Hg.)
Johann Wolfgang von Goethes
Reineke Fuchs
Durchgesehen, revidiert und mit einem Nachwort
herausgegeben von Joerg K. Sommermeyer
Reihe alte Tradition Azurcelesteblueoscuro / RAT ACBO 10
Exemplarische Werke der Weltliteratur
Orlando Syrg Taschenbuch, 1. Aufl., OrSyTa 142018, Berlin 2018

Joerg K. Sommermeyer (Hg.)
Heinrich Heines Romanzero nebst Lieblingsballaden
von Goethe, Schiller und anderen
Ausgewählt, durchgesehen, revidiert und mit einem Nachwort
herausgegeben von Joerg K. Sommermeyer
Reihe alte Tradition Azurcelesteblueoscuro / RAT ACBO 11
Exemplarische Werke der Weltliteratur
Orlando Syrg Taschenbuch, 1. Aufl., OrSyTa 152018, Berlin 2018

Joerg K. Sommermeyer (Hg.)
Eduard von Keyserlings Prosa
Ausgewählte Werke I
Beate und Mareile, Schwüle Tage, Dumala, Wellen, Abendliche Häuser
Durchgesehen, revidiert und mit einem biographischen Abriss
herausgegeben von Joerg K. Sommermeyer
Reihe alte Tradition Azurcelesteblueoscuro / RAT ACBO 12
Exemplarische Werke der Weltliteratur
Orlando Syrg Taschenbuch, 1. Aufl., OrSyTa 162018, Berlin 2018

Joerg K. Sommermeyer (Hg.)
August Stramms Gedichte
Du. Liebesgedichte; Die Menschheit; Weltwehe;
Tropfblut. Gedichte aus dem Krieg
Durchgesehen, revidiert und mit einem biographischen Abriss
herausgegeben von Joerg K. Sommermeyer
Reihe alte Tradition Azurcelesteblueoscuro / RAT ACBO 13
Exemplarische Werke der Weltliteratur
Orlando Syrg Taschenbuch, 1. Aufl., OrSyTa 172018, Berlin 2018